我的香格里拉

自我发现的旅程

A journey of self-discovery

在路上·直到漠河以北

ZaiLuShang ZhiDao MoHe YiBei

陈宣宣　著

电子科技大学出版社

图书在版编目（CIP）数据

在路上·直到漠河以北 / 陈宣宣著. — 成都：电子科技大学出版社, 2016.3
（我的香格里拉）
ISBN 978-7-5647-3467-1

Ⅰ. ①在… Ⅱ. ①陈… Ⅲ. ①游记—作品集—中国—当代 Ⅳ. ①I267.4

中国版本图书馆CIP数据核字(2016)第022623号

在路上·直到漠河以北

陈宣宣 著

出　　版	电子科技大学出版社 （成都市一环路东一段159号电子信息产业大厦 邮编：610051）
特约策划	好有文化
责任编辑	杨仪玮
装帧设计	成都华林美术设计有限公司
封面摄影	静心山水
封面设计	张　勇
主　　页	www.uestcp.com.cn
电子邮箱	uestcp@uestcp.com.cn
发　　行	新华书店经销
印　　刷	四川煤田地质制图印刷厂
成品尺寸	226mm × 163mm
印　　张	14.75
字　　数	229千字
版　　次	2016年3月第一版
印　　次	2016年3月第一次印刷
书　　号	ISBN 978-7-5647-3467-1
定　　价	38.00元

你走你的路，我也走你的路。

—— 莱昂纳德·科恩《最甜蜜的短歌》

目录

写在前面的话

我突然很想去东北。在东北的朋友告诉我，这时候的哈尔滨，春风拂面。而成都的春天，在这个4月初已经接近尾声。我心里不断沉醉在今年过两个春天的憧憬当中。恰好老三刚在北京辞去工作，于是我就把出行计划告诉了她。老三是我2011年窝在拉萨的最后一段时光里，认识的最后一个小伙伴。我和老三约定4月6日在哈尔滨见。

老三坐火车从北京出发，比我们约定的时间提前一天到达哈尔滨。她到达的当天晚上，给我打了个电话，难掩激动的情绪，她说哈尔滨正在下雪。这种情绪很有感染力，导致我完全忘记了在出门之前，我的东北朋友跟我描述哈尔滨的这个时候正是春风拂面。我直接被老三的话吸引了，因为从小到大没有见过几场雪的南方人，很容易被雪景吸引。于是自然同样难以平静的我，在第二天一大早自以为很有“先见之明”地穿了双雪地靴，套了件加厚羽绒服，赶到机场。一进机场，我所到之处，毫不夸张地说，围观的目光前赴后继，异样的眼光铺天盖地。终于，有一位跟着旅行团赶早航的大爷拉住我问：“妹妹，你是不是很冷？”我只是笑了笑，没有理会他。我觉得自己这种未雨绸缪的行为，大爷不懂。

在成都已经穿单衣的季节，我却像个怪物一样，穿着雪地靴和羽绒服在机场候机大厅晃过去、飘过来。我告诫自己，必须把到达哈尔滨要用的衣服放在很方便的位置。后来整理背包，发现厚羽绒服怎么都塞不进去，我干脆就全穿在身上。老三说了，哈尔滨在下雪。我作为不是东北本地的产物，不抗冻是应该预料得到的。同时，整理背包永远都是对我灵魂深度碾轧的一件事。这个我不太愿意说，因为容易让人感觉我这个人生活不能自理。这对我的形象，不太有利。虽说此刻我顶着众目睽睽的高压，穿梭在大厅，只能洒脱地表现出一种超然境界——反正他们又不认识我。或者说，关你啥事！

很难得，我终于遇上了一班不晚点的航班。我找到我的座位坐下。当最后一拨乘客走进机舱，一对夫妻慢慢地走到我身边。他俩拿着机票很犹豫，又面带尴尬。我抬头望着他俩，他俩目光有些闪烁，不时低头看看我。我问："你们是不是这个位置？"他俩都没有说话，很难为情地把机票递给我看。我给他俩指了指座位的顺序。他们坐下后，看上去对机舱的任何一个角落都充满好奇。这种好奇，让人感觉他俩有些无所适从。我打开一本小说，没有再去注意他俩。飞机起飞后，他俩把头齐齐地望向窗外，交头接耳，难掩好奇地讨论一些问题。女的说："这个飞机恐怕飞上天就没人管了哈。"男的说："不得行，遭逮到，驾驶员要扣分。"女的问："真的啊？"这时我忍不住用余光瞄了他俩几眼。男的一本正经地回答说："那可不是，12分全扣完。"然后，女的同样一本正经地带着惧怕的表情，说了个"噢！"

3个小时，我断断续续地看书，七零八落地睡了三场觉。终于抵达哈尔滨。一出机场，套用一句歌词——迎面吹来了凉爽的风！

哈尔滨

春风拂面

当我来到哈尔滨，阳光肆意，遍地残雪。我时刻抑制着旅行开启后随时可能爆发出的激动。这时候，我觉得我是一只等待被遛的狗，即使我爆发出来了，也无法和人分享那一份喜悦，因为车上只有我和出租车司机。再说，我也暂时没有什么值得喜悦的，除了期待和老三的这一场久别重逢。之前，一出机场，凛冽的冷空气使我往后退了一步。当时，我只想倒回去，买一张机票飞回成都。

出租车飞奔在进城的机场高速路上，我又接到老三的电话。她说："哈尔滨是个好地方！"

我跟老三在兆麟路的一家酒店大堂见面。她还是那个样子，跟2011年我们在拉萨卓吉客栈初见时一样。两年，没多大变化，唯一多出来的，是她脸庞偶尔掠过的一丝忧伤。我不知道她为什么会忧伤，但是，她感情的流露，颇有杀伤力。

我也开始莫名地忧伤。

我们忧伤地看着对方，微笑。笑了很久。终于，默契地走过去，相互给对方一个久别重逢的拥抱。接着，在交谈中，我发现老三方向感很强。重要的是，她在不到24小时的时间内，已经摸清了周边环境以及交通状况，连去火车站的公交路线都搞得一清二楚，这对于我们接下来的行程多多少少有些帮助。老三像个"地陪"（注：全称为"地方陪同导游人员”，指受接待旅行社委派，代表接待社实施接待计划，为游客提供当地旅游活动安排、讲解、翻译等服务的工作人员）似的给我介绍了一堆她发现的哈市的魅力之处。重要的是，老三告诉我，她选择的这家酒店，距离索菲亚教堂很近。

我和老三在房间里聊了很久，午饭已过，才感觉饿了。老三起身，指着我的背包说：“明天我来接你，我们一起住青旅吧。”

我答应了。

我们兴奋地从兆麟路走到圣·索菲亚教堂，伫立跟前。富丽堂皇的索菲亚教堂每一处都需要静观。而周边的建筑环境，似乎与之格格不入，用我的俗话来讲，教堂鹤立鸡群。在游人如织的这座城市里，似乎它最大的价值只是在历史上。如今它的存在只是不断创造出旅游价值，仅供人参观而已，毫无宗教的作用和气质。在太不温柔的“春风”中，老三以一种无法表达的快乐指着教堂尖顶嚷嚷：“你看，你看，真好看！”

我说：“不。像洋葱头。”

我和老三带着果腹的目的离开索菲亚教堂，匆忙地走向中央大街。我踩在方石砖铺就的路面上，抓心挠肝的饥饿感瞬间被哈尔滨这条称为“文明之窗”的中央大街的风情所淹没。老三很想展现出“地陪”应有的热情和素质，可惜这时候她跟我一样，没了方向感。我们瞬间被茫茫人海和凛冽的寒风淹没了。

我们折回索菲亚教堂。我的朋友坤叔电话告诉我，他已在此等候多时。我带着一丝未能守时的惭愧，在偌大的广场上寻找他的身影。终于看见他了。坤叔怀里抱着一部相机，饱含热情地望着我们：“孩儿们哪，吃饭了吗？”我看看坤叔，又看看老三。老三转过头看我，带着惊讶的表情，和同样惊讶的我对瞅了一眼。我赶紧从“孩儿们”这个“独特”的称呼中反应过来，说：“吃了。”

“吃的什么呀？”坤叔把脸凑到我们跟前继续问。

我说：“东方饺子王。”

他说：“哎妈呀，那玩意儿味道太次了。”

这是坤叔和我们的开场对白，劈头盖脸的热情。

于是，我补了句：“坤叔，您真慈祥。”随即，坤叔哈哈大笑了至少五秒。他一笑，更显得慈祥了。

作为本地人，坤叔对哈市的历史和风情可以用“了如指掌”来形容。他总是用一种有些独特的语言结构和解说风格，从哈市的历史讲到当前的经济。作为我朋友的他，在我和老三眼里，整个一称职的“地陪”。“地陪”这个称呼出自老三之口，但我一直认为，用在我朋友身上，感觉有点不厚道。

在肆意的寒风中，我和老三啃着坤叔在路边买来的雪糕。我冻得瑟瑟发抖。对于我俩南方人来说，那简直是里里外外冻透了。坤叔又一次说起，4月的哈尔滨已是春风拂面。而在我看来，这种“春风拂面”，其实就是：寒风裹挟着雪花，残酷地迫害着我裸露在外的双手和脸庞。

略暴力。

松花江上没有一丁点儿破冰的迹象，延续着冬天肆无忌惮的彻骨寒冷。北方的冬季，竟然如此漫长。

以松花江铁路大桥为界限，此地段被划分为道里和道外。道里更多体现的是风情。而破烂不堪、地面泥泞的道外，建筑格局给人一种不可回避的沧桑感和历史遗韵。

快进入道外的时候，我说：“我饿了。”

老三问：“不是刚吃了吗？”

我说：“风太大，冷，一冷就饿。”

坤叔还沉浸在东北特有的“春风拂面”的喜悦中。他认为，大地的春风捎来了他的朋友。他转过头来问我："孩儿，成都的这个时候是什么样子？"

我用手捂着被江风刮得差点面瘫的脸，含糊不清地说："温润，娇媚，空气中有花香交织蔓延。"听我说完，坤叔只是"噢"了一声。他有些若有所思。

"坤叔，这就是您说的春风拂面？"

"嗯哪。"

"这雪风刮得我眼睛都睁不开，皮肤呲得都快裂了，这还叫春风拂面呐？"

"对呀。"

我眼前瞬间一群草泥马飘过。这根本让人不忍直视、无法想象的"春天"。

坤叔所说的"春风拂面"，这是他对暮春四月（对于成都而言）寒风依然凛冽的哈尔滨的特色春天最大的赞美。换句话说，他在哈尔滨生活了好几十年，赞美这种"春风"，是他的情怀。

积雪溶化后的北三道街，路面破破烂烂，泥泞浑浊。我踌躇地打望着琳琅满目的本地餐馆和回民小吃。不堪的老街道无法阻止我从视觉和感官上享受着道外特有的浓烈生活气息。我们一路寻找着坤叔听朋友介绍的那家小有名气的美食——"老太太烧烤"。

从北三道街的一个小岔口拐进一条狭窄并且更加泥泞的胡同，一股烧烤特有的香味和滚滚浓烟扑面而来。我双手提着裤腿，踮着脚，埋头沉浸在一种跋山涉水、翻山越岭的征服感中。忽然，老三嚎了一声："在那儿呢！"我抬头遁声望去，瞬间内心荡漾起一丝轻松和解脱。

那间不大的门面儿，泥泞、肮脏、拥挤，一切形容恶劣环境的词汇用在这家烧烤店的形容上，皆不为过。随着跑堂的进进出出，和里屋传出来的喧嚣声，给了我在味觉上享受的一种期待。

味道果然不负众望。

坤叔说朋友见面必须喝点酒。我表示不太理解为什么要“必须喝”。

他说：“朋友见面儿不喝酒，这他妈还是朋友吗？”

我和老三共同看着坤叔，沉默了至少三秒。

“我家老爷子说的。”坤叔说他爹的原话是这样的：“哎妈我×，朋友见面不喝酒，这他妈还是朋友吗？”

于是，我们在老人家的这句人生真理的影响下，兴致盎然地起身换地方，准备喝小酒。

傍晚的道外街，行人寥寥，雪花纷扬在昏黄摇曳的路灯下，肆意，又显得极其落寞。我们迫不及待地从道外打车奔往中央大街附近的小巷。路过索菲亚教堂，教堂被飘飘洒洒的雪花裹挟着，以一种无以言状的静美呈现于我的视野中。为了感受这一场落雪，我们临时决定下车，以一种狂奔的姿态，热情洋溢地张开双臂，拥抱夜色中被柔和光影笼罩的索菲亚教堂。在星光渐起的城市里，随着白天车水马龙的拥挤和嘈杂的退去，这座建筑呈现出一种优雅的非凡韵致。

在砭人肌肤的夜风中，我们仨走进一家火锅店。无视毫无生气的大堂和一群懒懒散散的服务员，我们热情高涨地聊天，喝酒，七嘴八舌地拉东扯西。

在轻松愉快的氛围下，时间过得特别快。晚上十点，服务人员走过来说要打烊了。老三说这个时间要是搁南方，夜生活还没开始呢。

走出火锅店，穿过两条街，先和坤叔道别。走到一路口，我和老三挥手说再见，各自回住处。

寂静深沉的城市夜晚，被忧伤的惯性情绪煽动起巨大的虚空。

凌晨五点半的哈尔滨，日头当空。阳光从窗帘的缝隙中穿透玻璃打进寂黑的房间。我起床，掀起窗帘，打开窗户，凛冽却又充满生机的气息扑面而来。兆麟路已车流如织。

“这天气真他妈反人类。”这是上午十点老三来酒店接我，碰面时，我说的第一句话。

老三说：“听人说，再过一段时间，凌晨三点钟，老头儿老太太都出门遛弯儿了。”

我感慨道：“这都过的是哪国时间呐。”

我退房，然后跟着老三去她的住处——位于通江街的“卡兹国际青年旅舍”。这家国际青年旅舍由一座犹太老教堂改建而成，曾经的哈尔滨犹太总会堂旧址。这座1909年落成、1931年火焚后重建的建筑，里里外外渗透出历史的质感和建筑格局特有的内敛气质。虽说是改建，从被分割出的部分——旅社内部格局来看，整体沿袭了教堂最初的格局。进门是大堂，径直穿过一道门才是客房内部，洗漱间和洗衣房在走廊的尽头。从走廊进入二楼唯一的楼梯口被封，并用一块硕大的木板挡住，木板上用中英文、双色粉笔写着两点注意事项。

一、进门请换鞋。

二、请勿将背包放于床上。

我看着木板，笑了一下。我把这家有些硬性教化行为规范的青年旅舍称为“幼稚园”。我严肃地矫正自己的发音，酝酿感觉——“幼——稚——园”。我特别喜欢这个叫法。我径直走到走廊，从装满女士凉拖的木箱里拿出一双鞋，然后折回房间换上。在一间八人房里，我和老三的床紧挨着。她四号，我五号。

大厅的玻璃壁画的“在路上”主题和走廊上一架1910年出厂、如今显得斑驳又充满沧桑感的脚踏风琴，让我对这座犹太建筑风格的老教堂充满喜爱，并开始沉醉其中。

你从南方来

在哈尔滨，我和老三每天都会绕道去索菲亚教堂，其实也没什么可干的，就是坐在广场边，沉醉在音乐中，凝望着教堂发呆。老三在西北角发呆，我在西北角的另一头——东南方向发呆。偶尔，老三会为以后的摄影风格路线，探索在茫茫长路中的漫漫黑夜里——对着教堂一阵猛拍。各种角度，各种构图，各种情绪表达。很可惜，每张照片基本上都是虚化的。我对老三说："你这种技术拍建筑精品，完全就是对设计理念的深度侮辱。技术啊，硬伤啊！"

我决定在两天后离开哈尔滨，前往大庆。老三对我做出的启程计划表现出前所未有的放松和踏实。因为我的决定算是给迫不及待上路的老三有了一个明确的交代。

转眼间，我已经在哈市待了整整六天。被"春风"，拂了六天面。在离开哈尔滨之前，我告诉老三，我要去见一位朋友。准确地说，是朋友的朋友。应该算作拜访。

吃完午饭，老三很仗义地要从"幼稚园"送我去索菲亚教堂，很明显，她担心我走绕路，误了时间。因为之前在一次独自出门从中央大街返回"幼稚园"的这一段路，我走了整整两个小时。在这两个小时里，我好不容易在方向感上建立起来的自信心居然被迷路这个事实践踏得惨不忍睹。快要走到索菲亚教堂时，老三一再嘱咐我注意安全，然后她转身独自返回"幼稚园"。

我老远就看见了云老师。他正心无旁骛地拍摄索菲亚教堂。一群鸽子绕着教堂尖顶一圈圈地飞，云老师转而拍摄转着圈飞翔的鸽子。我朝着他走过去，他正好也看到了我。和我打了个招呼，他又继续专注地拍鸽子。看上去，他暂时没有搭理我的意思，我就坐在售票厅旁边的椅子上看着他拍。过了几分钟，云老师转身朝我走来，在我身边的椅子坐下。

“难得遇到今天这种好天气。”云老师指着教堂尖顶，很感慨地说，“天气真好！”

瞬间，“春风拂面”这个词汇令人惊恐地在我脑海里一闪而过。我顺着他的手指忧伤地抬头45° 仰望：教堂上空孤独地飘着一朵云，这朵云在湛蓝如洗的碧空中更让人感觉它的孤独。之前，我一直以为他在拍鸽子，结果他只是很专注地在拍那朵云。

在东北4月独具特色的“春风”中，我和云老师离开索菲亚教堂，晃晃悠悠地沿着中央大街一路往江边走去。长风鼓荡，我们被迫躲进离防洪纪念塔不远的一家肯德基。

终于见识了这位朋友的朋友，只能用“特别能聊”来形容云老师。基于这位特别能聊的云老师的表达风格有些云淡风轻的冷静，而我能做的只有同样冷静地看着他表达。因为我确实插不进话，更因为很多时候我根本不知道他在表达什么。云老师忽然念叨起那位鼓励我去拜访他的朋友，喃喃地对我说不知道这位朋友过得好不好。我没有说话。继而云老师聊起这位朋友。他说这朋友话多，一说起话来就像接通电源似的，嘚啵嘚地不停。在云老师说的时候，我只能看着他说。他说了很久，听得我有一种低血糖的感觉。我必须承认，这是我掌握话语控制权的首次失败，而且是完败。我意识到我不能这么一直坐等着那种低血糖加重快要晕厥的感觉一波波袭来，我必须要赶紧换个话题。这时，我从挎包里拿出来一本书，双手递给云老师。出发前，我们聊到的那个朋友交代我，一定要给云老师带一本自己的出版物。

我说：“云老师，这是我的书，您雅正。”

云老师身子前倾接过书。于是，他那散淡的自说自话和娓娓道来的叙说，终于结束。

在肯德基待了两个小时，我“低血糖”了两个小时。

不经意间，天气大变。惨淡浓厚的云层给人一种前所未有的压抑感。雪花再次激情澎湃地随风飞扬，还夹着小雨。

我和云老师起身前往香坊，去和另一位我们共同认识的朋友聚餐。出门打车的时候，我感觉我的“低血糖”症状有所好转。我的聚焦点终于可以转向满大街打出租车上。

在北大仓日报社旁边的一家东北菜馆里，我见到了我们的朋友程老师。饭馆熙熙攘攘，人声嘈杂，混乱，锣鼓喧天，服务员一个个像打了鸡血似的忙前忙后，咆哮着传菜，上菜，唤客入座。饭馆是20世纪六七十年代的装修风格，刻意修饰出人民公社大锅饭的一派热闹景象。我打趣地问：“这儿吃饭不收钱吧？”墙上的标语和室内过分的装修，让人有些穿越，平添几分滑稽。于我而言，更多的是一种根本让人无法适应的喧嚣。点完餐，我的精神开始一种习惯性的松懈和放空。或者说，我又“低血糖”了。在过于喧嚣的环境中吃饭，对于我来说，是一项需要拼命去完成的任务。

当大家闷不作声地吃完饭，我感觉到我们仨都有一种“终于用完餐”的解放感。因为在这种环境中交谈，实在费劲。

吃完饭，在程老师的邀请下，我和云老师去她的单位喝茶闲聊。

跟着程老师走进屋里。我喜欢这里的安静。安静的环境能让我踏实和平静。云老师带着一如既往平静的神情，向我推荐一些他个人喜欢的MV和曲子。他说着说着，拿出手机播放一首陈升《爱情的枪》的MV。我斜靠在沙发上，听云老师和程老师讨论着MV里那无奈孤独忧伤的画面。

播放完MV视频，云老师说为我写了一首诗，要朗诵给我听。我和程老师稍显惊讶又很期待地看着他。云老师拖着那一口富有煽动性的东北口音，准备朗诵。朗诵之前，他看着我，很拽地补了句：“我从来没给人念过诗，你是第一个。”我和程老师笑了一下。云老师坐在椅子上，佝偻着腰，倾斜着上身，语调平缓地开始朗诵。

题目，你从南方来。要有多勇敢，才会一直在路上——致路上的人。

你从南方来，来偏北的北方。这个时节的北方，城市灰茫，江河冰冻，原野依旧残存着冬雪的痕迹。你是来寻找辽阔的吗？还未苏醒的黑土地，会让你忘记什么？

你从南方来，要去最北的北方，途经的三江平原，丰美的湿地还没有解冻，所以你看不见仙鹤起舞，只是越向北，天空会越蓝，而这也正是我不能忘记北方的理由。

你从南方来，在我想要离开北方时，你沿着兴安山脉，一路向北，也许在不同的方向，我们有着相同的期许，或者在路上，便是旅行的全部意义。

你从南方来，你用一本书作为礼物，我以一首诗作为回赠。生命的旅途里，总会有许多的不期而遇，有一些是来不及相识，还有一些是久别重逢，它们唯一的不同只是，离开后记忆是否也跟着一起离开。

你从南方来，当你终于站在最北的北方，迎着北极来的风，假若那一刻你还足够坚强，请用南方油菜花般的温暖，碰碎北方满目的荒凉。

直到云老师念完最后一个字，我依旧沉浸在诗中的孤独里。程老师和我对视了一下，我低着头说：“这诗我真喜欢！”我没有说谢谢。

夜已深沉。我们仨出门，相互道别。我带着那份开心和踏实迫不及待地回到了“幼稚园”。

老三窝在小隔间的书吧沙发上，边嗑瓜子边看手机播放的电影。我坐在老三对面，打开电脑写日记。不知过了多久，忽然发现身边多了一个人，只见老三倾斜着身子，边嗑瓜子儿边面带娇嗔地往我身边凑。

我把身子往边儿上挪了下，问："你干吗？"

"写东西呢？"老三带着挑逗和明知故问的神情。

我把注意力继续转移到电脑屏幕上，说："嗯，我说怎么就觉着嗑瓜子儿的声音越来越大，你什么时候坐过来的？"

老三嬉皮笑脸地说："过来一会儿了呀。"

"赶紧坐过去！"我有点恼羞成怒。

老三继续嬉皮笑脸地说："你也没写什么嘛。你看你写完'当我来到哈尔滨的时候……'不就写不下去了吗？"

我合上电脑，说："哎，既然你都偷窥了，我还偏不这么写了，我改成'我从南方来'。"

老三说："不对，你们成都属于西南，不是正南。"

我说："你们江西属于南方好了吧。"

"你的下本书一定要把我写进去，一定，我还得是女主角。"老三边嗑瓜子边说，然后起身，一手提着瓜子儿，一手抱着电脑朝书吧门口走去，走到书墙跟前转过头来补一句，"你一定要把我写进去噢。"

老三回到房间后的一个小时里，我还在思考着"当我来到哈尔滨的时候"，终于，想出了下一句："所幸哈尔滨的'春风'，好在吹不死人。"

往前走，不要回头

扑面而来的倒春寒，不可抵抗。上午晴转阴，正午中雪，午后大雪。老三知道我要出门，上午便和我商量好，下午三点在松花江铁路大桥上碰面。我们说定以散步的方式过桥，去江对面溜达。那是一条我们坐火车离开哈尔滨往北走的必经之路。

在大雪纷飞中，我独自赶往道台府去找坤叔，顺道参观那座博物馆性质的新建筑。

见到坤叔后，我和坤叔顺着中轴线开始的大门走进道台府。院儿里每个房间属于各部门，包括工房、刑房、户房、礼房、吏房，其中一处挂着“黑龙江国术联合总会”的牌子。有个展室展出的是哈尔滨清末以来的历史和民俗。在我看来，这儿如今就是一个多功能房。

我跟坤叔开玩笑说：“这要是搁在以前，关道衙门，您可是大爷呀。”

整个哈尔滨还在供应暖气的季节中。在没有暖气设施的道台府，有一种滴水成冰之感。从院里躲进坤叔的办公室，才感觉一丝暖和。

我问：“坤叔，您这儿没有暖气冬天怎么办？”

坤叔说：“只能用取暖器。第二天桌子上水杯里的水都成冰块了。”

我能想象出的寒冷，刺彻心骨。坤叔边和我聊天，边拿出一大包为我和老三准备的面包、秋林红肠、豆皮和饮料，嘱咐我们在路上饿了吃。接着，他拿出几顶帽子和一副墨镜。我坐在凳子上，任凭坤叔边说边把帽子一顶一顶往我头上戴。戴完帽子，他拿着墨镜让我戴上，然后拉着我站在镜子前，说：“哎妈呀，帅！”

我说：“坤叔，我不要，您留着用。”

坤叔显得很高兴，走到墙角，咔的拉开办公柜，说：“你看，我有这么多，我是帽子控。”

我说：“还有，这墨镜儿我也不想要，因为戴上我就看不到了。”

坤叔说：“没事，你在照相的时候戴，特帅。”

这时，我脑海里瞬间浮现出老三的照相水平。我不看老三给我拍的照片，我永远都不知道我自己能有多丑。

我背着坤叔塞了整整一包的东西，从道台府出来，雪下得更大了，不一会儿，我全身满是雪花。我突然爱上了这种雪花逆风飞扬的场景。雪花代表着浪漫。

坤叔有些心疼地看着我，问：“孩儿啊，你是被发配来的吗？”

“咋个说？”我疑问地望着他。

坤叔说：“往年的四月，哈尔滨早暖和了，你这是带着多大的冤屈来的？”

我说：“今年全球的气候都比较反科学，不能怪我。”

我和坤叔走近江边。坤叔让我戴上墨镜，我马上拿出墨镜戴上。坤叔给我拍了几张照片，说：“帅！”我看了一下照片，自恋地认为：果然很帅。

我对坤叔说：“不。是特——别——帅！”

江风裹挟着雪花。我对坤叔挥了挥手，和他道别。然后，我转身往铁路大桥走去。我走了一段，转过身去看他。坤叔一直站在原地挥手，大声地说：“孩儿啊，往前走，不要回头。”

凛冽的江风，把坤叔的声音刮得很远……

三点整，我准时走近桥头，老三也从对面走过来。我说：“默契。”老三笑了一下。上桥后，雪小了，风却更大了。桥面很滑，加之火车轰隆隆呼啸而来的震动，我们胆战心惊地站在桥面上，望着渐渐驶离桥面的列车。心向远方。

我们又被哈尔滨的“春风”沐浴着，就这样在铁路旁，从下午，一直沐浴到傍晚。这个下午，身边一趟又一趟驶过的列车，让我们一次次觉得，火车，能把我们带向远方。

轰隆隆的。

未知的远方。

哈尔滨松花江铁路大桥。

冰冻的松花江。

3点整，我准时走近桥头，老三也从对面走过来。上桥后，雪小了，风却更大了。

老三在卡兹国际青年旅舍。

哈尔滨，圣·索菲亚教堂。

哈尔滨防洪纪念塔。

大　庆

从哈尔滨到大庆的旅途并不遥远。

我和老三不慌不忙地起床洗漱，懒懒散散地收拾背包，从容不迫地出门打车，奔向哈尔滨火车站。再次路过索菲亚教堂，我们又被一种莫名的忧伤侵扰。

我说："再见，索菲亚。"

老三说："再见，哈尔滨。"

我瞄见出租车司机从后视镜里带着怪异的目光观察我俩。他那种不解又不屑的眼神，似乎迸发出来三个字——神经病。

买票，进站，一切顺利。上车后，扒开层层人群，忍受着整个车厢里弥漫着的难以忍受的异味对号入座，确实又太不顺利。

经过一通翻山越岭、跋山涉水似的艰难突围，我和老三找到了座位，累得大汗淋漓。放好背包，我才发现今日暖阳和煦，一扫前几日的干冷和凛冽。

火车将于中午12点到达大庆。

在这趟列车上，卖东西的人永远比买东西的人多。此起彼伏的吆喝声，一波接一波地来回转悠。经过老三和我长达一个小时的沉默观察，发现有类吆喝最上口。一女服务员在过道中艰难地推着推车，嚎道："啤酒雪糕矿泉水儿，火腿肠方便面烤鱼片儿。把脚挪一挪啊。"我对老三说，高手都在民间，人家随口一出就是一副对联。老三忍不住笑了。推着推车的女服务员刚走，一小伙子提着篮子粉墨登场：“牙刷腰带剃须刀，洗脸帕内衣按摩器。”他兜了一圈，没人搭理。一大妈接着吆喝：“牛羊肉干儿内蒙古特产啊，奶糕奶片儿不买可以尝尝啊。”

我又跟老三说：“这些朗朗上口的，完全就是三副通俗易懂的对联。”紧接着，我俩异口同声地说出横批——把脚挪一挪啊。

百无聊赖，好不容易熬到了12点。火车晚点。我告诉老三，有人在车站接我们。

12点10分，火车减速，驶入大庆车站减速区。我扛着背包，挂着挎包，走到下车口。老三见我慌忙又狼狈地准备随时下车，鄙夷地看了我一眼，说：“停车还早。”事实证明，5分钟过去了，火车在滑行。10分钟了，还在滑行。老三跟在我身后，带着一脸冲破天际的怨气，跟着我负重站了将近20分钟。

刚走出火车站，见到了来接我们的孙先生和严先生。初次见面，相互礼貌性地寒暄了一通，聊了些不痛不痒、无关紧要的话题。我偶尔搭个腔。严先生特别能聊，从磕头机（学名抽油机，俗称磕头机）开始，聊到偷油，从偷油聊到漠河，又从漠河聊到考托福、雅思，教育，茶，文化，养身。因为还未熟识，我保持习惯性的沉默也还说得过去。老三对于这种情况，仿若云里雾里。

大庆这座城市，干净和整洁远远超出了我的想象，包括星罗棋布的磕头机，还有那栋极具剽窃嫌疑的标志性建筑。孙先生介绍说，那栋建筑叫油立方。除了体积上不够庞大，外观设计的凹凸感给人感觉完全就是从北京的水立方照搬过来的，显得有些滑稽。

吃完午饭，严先生开着车，把我和老三拉到油立方旁边的大庆规划展示馆。在孙先生和严先生的安排下，我和老三奔波在“大庆一日游”

的忙碌中。

走进偌大空旷的展示馆，我们混在因工作前来考察的人群中，穿梭在各个展示厅里。最后，我们准备进入一间3D室。一群人在讲解员的带领下，挨个排队领取3D眼镜。正要入室，一位男士转过身来对着我们颐指气使地说："你们稍微等下，等下一场。"孙先生没有说话。严先生给我们使了个眼色。孙先生带着我和老三跟着进去了。

坐在大屏幕前，眼前出现仍在规划中的大庆市。根据语音提示，我们坐上了一辆时光穿梭机，瞬间穿梭到了十年后的大庆市，进入一种美好的人为愿望当中。正当我们集体畅游在十年后的美丽大庆城中，突然听见第一排有人说话，从声音上来判别，还是那个阻止我们入室参观的男子。那男子正在对旁边的人汇报工作，他指着大屏幕说："这个片区现在还在规划中，计划三年之内完成建设。"本来我们正感受着讲解中的大庆精神，憧憬着大庆的未来，刹那间，就被那男子强行拉回到残酷的现实当中。原来，我们只是在感受一次虚拟的时空穿越而已。

挨到晚饭后，回到宾馆，老三问我一整天为什么不太主动说话。我转过身，带着一种抗拒的神情反问："我为什么要主动说话？"老三接着问什么时候去齐齐哈尔。我说明天下午，越快越好。

经过一整天陌生的交谈和仓促的奔波，夜里我和老三睡得特别早，特别沉。

翌日，并不狂烈的风中隐约弥漫着一股春天的气息。相比之前哈尔滨糟糕的天气，我觉得，春天好像来了。

上午继续观光。从住处到油田区的中山路的沿途，除了磕头机，还是磕头机。当路过让北第一小学校时，我看到了学校墙壁上的一句标语——"让所有的花朵都绽放"。

最后到达庆客隆超级市场。下车后，严先生和孙先生饶有兴致地轮番介绍市场的建设时间、规模，包括建筑设计理念。我越发感觉我们的“大庆一日游”的行程处于脱轨状态。从市场出来，孙先生陪着我站在市场外面的停车场空地上，寸步不离。老三拿着相机，习惯性地一阵乱拍，导致一群客运司机误以为我们是来视察工作的，或者，是记者。客运司机们的情绪明显地很不耐烦，很愤怒。在几个司机七嘴八舌的嘈杂声中，我们终于听明白了，他们企图让我们把市场外面小商贩占道经营的情况反映给有关部门，或者，媒体曝光。

从商场出来，吃了午饭，我和老三以最快的速度离开了大庆，离开了这座我和老三必经的远方之城。

大庆油田。

大庆油田，磕头机。

齐齐哈尔

鹤　城

鹤城，齐齐哈尔的美称，黑龙江省第二大城市。我并没有看到仙鹤，因为季节不对。大地冰封，狂风肆起。根据之前我对哈尔滨风大这一个事实的确定，齐齐哈尔依然是——风大，好在吹不死人！

我们计划在齐齐哈尔待三天。

从离开哈尔滨开始，我和老三共同有了一种真正意义的上路的感觉。这种放松和喜悦感一直延续到进入齐齐哈尔城里的中环广场。但是，这种难得的放松和喜悦，却被扼杀于酒店客满。我突然感觉无处可去。

我说过，我最怕无处可去。

到达事先选定的酒店，恰巧遇到本市公务员考试，房间已被汹涌而至的报考人员提前订满。我和老三显得无可奈何，加之寒冷导致的疲惫和饥饿，我俩莫名其妙地看着对方，相互看了很久，然后商量换到中环广场附近的另一家酒店。好在这家酒店还有空房。感觉这一趟，辗转奔波。住进酒店，整理好一切，我们累到谁也不想再多说一句话，甚至不愿意去听对方多说哪怕一句话。消极情绪带来的影响，随时能点燃我俩同时爆发出一股黑暗怒火。彼此只好选择暂时沉默。

话可以不说，但是，饭必须要吃。风大，出门不方便，但又必须出门吃饭，我们只能裹紧全身，一头扎进肆虐的狂风中。我跟老三说，我发誓长这么大，第一次感受到寒风的凌厉强劲和凶猛肃杀。满街被狂风卷起的垃圾，是这个特殊季节中齐齐哈尔最大的特色。

我们积极采纳了去酒店时出租车司机说必须尝尝齐齐哈尔烧烤的建议，选择了一家烧烤店。用餐时，我俩表现出的状态，应该比狂风都凶猛肃杀。可是老三却说，喝风喝饱了。

带着一身疲惫，顶风往回走。在奄奄一息的路灯下，寂寥的大街显得更加肃杀，有种顶风作案的感觉。因为烦闷，我和老三试着在行进都很困难的情况下聊天。

老三说，她在14岁那年，就开始追随某些旅程。比如，在上海外滩的诸多影视拍摄取景地，是她十三四岁时最向往的地方。早期对老三造成直接影响的，是那部在我们少年时代横行屏幕的琼瑶言情剧《烟雨蒙蒙》，她尤其对里面的那座铁桥（外白渡桥）充满了强烈的好奇心和向往。她太想去那座铁桥了。我也看过包括《烟雨蒙蒙》在内的多部言情剧。在我的印象中，从老三特别想要追随的那座铁桥上，跳下了诸多作家笔下满腹愁苦到绝望可又天生丽质、楚楚动人的女主角。每次在电视上看到这样的场景，都让我觉得非常奇怪，怎么动不动就往黄浦江里跳呢。

我说，我在20岁的那一年，才开启了真正意义上的“独行”，而这种独行，只是一次独自旅游而已——广州五日游，顺便去看看我的老师。

相对于老三的第一次独行——那一年，她不辞而别，独自踏上火车——我完全被老三这种早期就表现出来的非凡勇气和漂泊能力瞬间秒杀。老三十分鄙视我成年后首次“广州五日游”的出行居然还是坐飞机去的。更让老三鄙视的是，飞机还没起飞，我因为想家在飞机上哭了一场，到了广州白云机场，我又哭了一场。也就是说，我出个门还不到半天就哭了两场。第二次出门去西安，飞机还没起飞，我就梨花带雨地哭了一场。飞机落地后，因为想家，我又哭了一场。

我说这就是我早期出门的一种表现。

老三彻底鄙视我了。因为她的鄙视，我说完这些经历有些后悔。我被风吹得有些累。

对于老三第一次出行与家人不辞而别，我问她回家后被揍了没有。她说没有。我说如果我那么小，要是不辞而别，就不要再回家了，否则我妈能把我揍死。为此，老三带着悲天悯人的意味，再次鄙视了我一次。原因是，我怕回家后被我妈揍死。

齐齐哈尔的第一夜，我和老三缩着脖子，背对前方，艰难地倒着走，这样感觉走路稍微省力一些。我们边闲聊着第一次的独行，边往酒店方向挪去。狂风鼓荡，将我俩的声音刮得十分缥缈。我首先被迫放弃了这种闲聊，在这种环境下聊天太消耗体力了，于是，转入沉默。在沉默中，我心里滋生出一种怅然若失的忧伤。恍惚无常，遥远迷离……不知身在何处。

越往北走，越能让人体会到那种还没来得及睡着天就要亮了的慌张感。

凌晨4点，夜空一片黑蓝。紧跟着，晨曦披洒。

中午起床，依然风大，只有启动大脑考虑“吃”的问题，才是我被糟糕天气冻得小脑基本处于瘫痪状态后唯一残存的快乐。吃什么？又让我习惯性地纠结起来。老三从来不犯纠结这种毛病。她说纠结是种病，得治。我说，你有药啊？

经过慎重考虑，我建议吃火锅。一家自称正宗的四川火锅。味道虽然和正宗根本不挨边，但只要是吃，都能抚平我对此地“春天”的极度失望。

由于对齐齐哈尔“春天”的失望，我和老三紧急商议下一站是到塔河还是直接到漠河。之前的计划是，从齐齐哈尔到了塔河，休息一天，然后去漠河。齐齐哈尔到塔河693公里，从塔河到漠河213公里。我们都很担心一路颠簸到塔河后，天气可能会更糟糕，根本就没有可停留的价值。不如干脆从齐齐哈尔直接赶往漠河，到了漠河再休整。到了漠河就不用着急了。因为从漠河到北极村只有80公里。漠河火车站到北极村的班车在早上8点半和下午3点50分各有一趟。

我们最后做出的决定是，从齐齐哈尔直接赶往漠河县北极村。似乎做出这种决定只能说明我们等待春天的耐心已经被恶劣天气无情地消磨掉了。

商量妥当，随后，我们考虑何时出发。老三说要算好次日到达的时间，今晚11点40分从齐齐哈尔市出发的列车比较靠谱。在通常的行程安排上，我对老三说我听她的。确定了出发时间，我们进行了一下午必要的休整，当然，绝大多数时间仅限于室内。

买　书

午后的天气依然很糟，风声飙戾。我建议先逛书店，然后找地方加餐。我对老三开玩笑说："走，咱们顶风作案去。"

中环广场周围手机销售的叫卖声、广告声、大喇叭促销声混杂着，此起彼伏，使这座城市显得浮躁。广场边有两家书店，我选择去新华文轩，因为近。书店位于商场二楼。一楼整层是家电卖场，人来人往，喧闹嘈杂。扶梯上方的墙上赫然书写着波罗果夫的名言——"一本好书，就是一个好的社会。"

走进书店，令人惊讶的冷清，整个书店除了六位工作人员（其中还包括两名保安），就只有我和老三两位顾客。二楼整层的书店，书的种类少之又少，显得稀稀落落，毫无生气。在醒目的“畅销书专栏”上，除了儿童读物外，就是早期胎教以及减肥养身的书籍，还有一些专业教材，成功学居多。人物传记和旅游方面的书寥寥无几。纯文学和纪实文学类书籍更是屈指可数。国外畅销书基本找不到。

我绕着书架逛了多遍，一位女服务员忍不住走过来询问我需要哪类书籍。我说找纪实文学类，书名《六便士之家》，美国人，保罗·科林斯著。她问：“啥玩意儿？”我以为她没有听懂我的川普口音，又复述了一遍，告诉她：“《六便士之家》，美国作家，名字叫保罗·科林斯。”她终于听明白了，很肯定地说：“没有。”随后，包括两名保安在内，他们集体在各个区域的书架上仔细寻找。确定没有后，我表示很遗憾。但想到他们的热情，我只好买了本别的读物。

离开书店，和老三下扶梯，我抬头又看见了那行名言——“一本好书，就是一个好的社会。”

天色晦暗。我和老三走进附近一家咖啡馆。我趴在二楼窗边的桌子上，读了一小时书，睡了一小时觉，看了半小时窗外狂风中的路人，以及被风吹得跌宕摇曳的路灯和漫天飞舞的塑料垃圾袋。可这一切又并没有什么好看的。

晚上十点半，整座城市被笼罩在一片白茫茫之中。之前一天一夜的狂风呼啸，只是为这场雪做铺垫。

收拾好背包，迎着刺骨的寒风，我和老三破门而出，在雪中伫立良久。

我说：“三儿，知道这是什么感觉吗？”

老三说：“不知道。”

我唱道：“冷冷的冰雨在脸上胡乱地拍，暖暖的眼泪跟寒雨混成一块……”

如预计中那般顺利，我和老三搭上了从哈尔滨开往漠河途经齐齐哈尔的列车。留给我们的只有硬座。在接近1000公里的长途跋涉中全程硬座，对我而言，这是第一次。我想我是挺得住的，除了年轻的身板，更多的是那份新鲜感将支撑着我尝试这趟稍微有点自虐的旅程。

晚上11点40分，齐齐哈尔，被载着我们的火车，狠狠地甩在了身后。

齐齐哈尔火车站。

夜幕下的齐齐哈尔街头。

漠河以北

小战士

凌晨三点，列车在一个叫大杨树的小站停靠。水雾蒙蒙的窗外，一片冥寂。乘客陆续从昏沉中醒来。杂味缠绕的车厢内，又渐渐恢复了之前的热闹场面。我斜靠着车窗，恍惚梦幻地凝望着窗外的积雪。老三坐在我对面，依然睡得很沉。

直至天光大亮，列车冲出黑夜的尽头，飞驰在广袤起伏的冰雪天地中。老三从餐桌上抬起头，疲倦地环顾四周，最后把眼光落在我身上。

我说："我饿了。"

老三起身，抹了把脸，说："我去给你泡方便面。"

在过于漫长的旅程中，我变得慵懒忧愁，时而暴躁。老三对目的地的狂热幻想依然如故。我俩在沉闷嘈杂的车厢里无话可说，过分的沉默，导致我们各怀心事地漫游在无边无际的思绪中，直到列车再一次在一个破旧荒凉的小站短时间停靠。熙熙攘攘的车厢，变得拥挤热闹。

一个身材消瘦的小战士和他的战友们扛着大包，提着工具箱涌入车厢，随后散落地坐在我和老三周围。这个小战士，很腼腆，坐在了我对面、老三的旁边。小伙子们都显得稚气、年轻，充满活力，致使车厢里我和老三的这个角落终于显得不再那么消沉。

我平静地看着这些小伙子，带着一丝愉悦感，沉浸在气场逆转的氛围里，似乎老三也感同身受。老三属于搭讪高手，我起身去厕所，回到座位时，老三已经跟他们打得火热。她指着那个腼腆的小战士对我说：“老二，你四川老乡。”我带着惊愕又好奇的口气，目不转睛地盯着稚气未脱的小战士，只说了声“噢”。

没有台词了。

少言寡语和腼腆的碰撞使气氛又陷入暂时的沉默。这时，小战士起身，从行李中掏出一本武侠漫画月刊杂志，还有一包蛋糕。他把蛋糕放在餐桌上，拘谨又害羞地对我和老三说：“姐，你们吃。”我笑着，看着他。

沉默被几块蛋糕打破了。我和老三都没有去碰小战士的蛋糕。他的质朴和善良让我突然有种交流的渴望。我问他：“你姓什么？”他正啃着蛋糕，脸瞬间红了。我又问：“你们外出执行任务？”他又啃了口蛋糕，蹙了蹙眉，脸更红了，踟蹰不安地说：“姓李，出任务，回部队，指导员带我们出来的。”我微笑地看着他，没有再接话。他吃完蛋糕，埋头翻阅那本武侠漫画月刊杂志。

过了一会儿，我再次开口：“小李，你平时喜欢看书呀？”

“嗯。”

“喜欢看哪一类书？”

“漫画，朱德庸的。噢，还有几米。可惜书店买不到，部队图书室也没有。”

我看着他手中的那本纸张粗糙简劣的武侠漫画月刊杂志，说：“网上可以买呀。”

他摇摇头：“太贵了！”

……

再次陷入沉默。

小李卷弄着书边，时而低着头，时而抬眼看看我。当四目相对时，他迅速把目光移向别处。似乎因为陌生，他的口头表达能力不是太好。在这一点上，我和小李这个“老乡”同病相怜。我发现，在他那稚气的脸上显露出很想继续交流的渴望，让我觉得没有理由拒绝这种带有倾诉情绪的交流。我用微笑的眼神传递给他我乐意和他交流的愿望。小李似乎领会到了我的意思，他再次开口说话。“我17岁入伍，两年义务兵役快满了。我想回家。妈妈让我回家。妈妈一个人在家，我不应该参军，这么远，我出来后就没回过家。大兴安岭地区太冷，还是南充好。”他说着说着，忽然停顿片刻，继而带着腼腆忧伤的神情，喃喃地说，“妈妈天天都在盼我回家。我想继续读书，或者学门技术。”他说完，看了我一眼，随即将目光移到老三身上。

老三迎着他的目光，问：“你回去打算考大学吗？”

他摇摇头：“不知道，估计考不上。”

我转过头对老三说：“读书好，可不一定非要考大学。”

老三说：“这么小，就得考大学。再说了，不试试怎么知道考不上？”

我说：“年纪小就是巨大资本，资本就不应该浪费在读死书上面，应该专业性地有针对地学习。”

老三继续反驳我：“知识是活的，是力量，怎么就读死书了？”

这场聊天，突兀地演变成我和老三的讨论，直至升级成为略带攻击性的争论。老三把头转向窗外，不再说话，心有不甘。我也随即陷入思绪杂乱的烦躁中。

为了扭转这种气氛沉闷的局面，小李带着一脸的茫然，指着桌子上的蛋糕，说：“姐，你们吃蛋糕。”

我和老三都没有再说话。

列车在时光中一次又一次停靠，再启程，送走又迎来了一批又一批乘客。

车厢里再次响起即将到站的播音。小李和他的战友们陆续站起来，收拾东西。这时，小李的手机响了，他坐回到座位上接听电话。他喊了一句“妈妈！”淡然的神情掩饰不住眼神和口气中流露出的兴奋，我瞬间感觉到了他心中那份千转百回的思乡念母之情。我和老三对视了一眼，一同转过身望着小李。他弯下腰，一手提起行李，腾出另一只手接听电话："妈妈，你不要急，我和战友去另一个地方学习，不允许开手机……妈妈你不要急！"小李用宽慰的口气和善意的谎言安慰着千里之外的亲人，"我没事，不冷，没有下雪，你不要担心，我很好。"我和老三同时将目光从小李身上移开，转头望向窗外，不忍让自己伪装起来的坚强，被这突如其来的温情和隐隐约约的伤感击得粉碎。

车门打开了，乘客蜂拥而出。小李慌忙挂掉电话，双手提着行李和工具，转过头来对我和老三说："我们走了。"老三说："保重。"我说："再见！"

小李被疯狂的人潮裹挟着带出了我的视线。

四月的漠河

列车行至塔河，车厢有些冷清。根据火车实际运行情况判断，抵达漠河站时，将是下午五点半。这个时间点已经没有大巴开往北极村。听说漠河前几日大雪不断，高速封路，大巴已经停运好几天了。由于天气原因，班车可能还要停运一个星期左右。

列车尚未驶进漠河站，就有乘客在车厢里询问是否有人愿意拼车直接去北极村。我和老三陷入想法不同步的矛盾中。我建议拼车，当晚直接去北极村。而老三想在漠河待两天，倾向于等待去北极村的班车。我忍不住对老三说："你想在县城待两天，等坐班车去北极村，可是班车还要停运一个星期呀，你养老你也应该找个山清水秀、人文环境好点儿的地方吧。"

分歧让我和老三陷入疯狂的沉默中。直到列车驶进漠河站。

四月的漠河，以一副青黄不接的颓败景象把我的期待和老三一路的狂热幻想颠覆得惨不忍睹。走出火车站，在这偏僻遥远之地，狂热“迎接”我们的，只有疯狂的出租车和抢客的黑车。我和老三一前一后漫无目的地往台阶下挪移脚步，拉客的人群蜂拥上来。

我和老三被围过来的人冲散了。在慌乱中，我显得不知所措。一位中年妇女穷追不舍地扑向我，我只好顺势问她去北极村要多少钱。中年妇女说200元。我说等一下，转身寻找老三，她正被一小伙子纠缠着。我朝着老三走过去，中年妇女尾随着我。我对老三说：“我们今晚直接去北极村吧。”老三没有说话。我耐着性子，跟老三说明直接去北极村的理由。老三一脸愁苦的表情，用执着的沉默表达她内心强烈的反抗。

我对一直紧跟着我的中年妇女说：“我们还走不了，还要再商量一下。”中年妇女带着一腔怨气，骂骂咧咧地走开了。其他拉客者也陆续散去。我和老三茫然地逗留在空旷泥泞的广场上。

我知道老三的顾虑。出发前，我和老三对行程的安排进行了商议，达成共识，尽量避免在旅途中发生冲突。但是，我绝对没有预料到，在AA制费用分摊的基础上，因临时变更行程计划的分歧，导致感情发生了如此难以弥合的裂痕。老三情绪化的沉默，使我故意无视她的情绪。一直纠缠在老三身后的小伙子一脸茫然地观察着老三。我独自一人往前走，我以为老三的这种情绪化态度会很快在慵困无力、饥寒交迫中为了解决食宿问题而变得理智起来。但是我错了。当我背着背包，扛着挎包，气喘吁吁地走出去老远后，老三依旧站在凉风恻恻的马路边倔强地用沉默与我对抗着。面对老三无声的对抗，我转而放弃直接去北极村的想法。那就先待在漠河吧。我转身走回到老三身边，老三还在被小伙子游说着。随即，我做了最后一次表态。我说：“在漠河待，还是直接去北极村，你决定。”我刚说完，老三转过头来，用极具攻击性的口气吼道：“要走你走，我不走！”气氛尴尬。我没有说话，努力克制着随时可能爆发的怒气。我清楚，如果这时我有任何的反击，这趟只能算刚刚开始的旅程就会因为双方情绪失控而变得局面不可收拾，甚至于，分道扬镳。小伙子连忙打圆场，说：“现在去北极村还来得及，到达北极村也就晚上8点左右。前几天倒春寒，下大雪，大巴这段时间不营运。”小伙子看我们没说话，接着说，“平时200，今天收你们180，怎么样？”我没说话。我看着老三。老三的情绪化沉默似乎在很多时候都会匪夷所思地逆转成一种正能量的气场。果然，她马上松口对小伙子说：“160。你要走就走，不走算了。”小伙子笑了一下，说：“这几天生意不好，我今天也就只拉这么一趟了。”

上车。老三和我沉默着。小伙子开始滔滔不绝地介绍他的业务，大到组织自驾游团，自驾跑全国和漠河包车领队三日游，小到经营漠河到北极村的往返包车业务。在我和老三谁都还没有开口意向的时候，他主动自我介绍，同样又是劈头盖脸的一大堆，叽里呱啦地说了些什么，我也不太感兴趣，只记住了他的名字，他叫小雨。从上车伊始，我就特别纳闷，开了空调的车内怎么这么冷。环顾车厢四周，才发现这是一辆看上去除了发动机还算正常外几乎没有一处正常的车。四处漏风，空调声嘈杂刺耳，车窗随着路面的颠簸剧烈摇晃，发出令人头脑恍惚、听力模糊的急速激烈的“砰砰砰”的噪音。我默不作声地望着窗外，耳边一直是小伙子喋喋不休的业务介绍。车内发出的各种刺耳杂音纷纷灌进耳膜。

老三依旧一脸怒气。在这种情景下，我一如既往地出现了“低血糖”。

小雨刚介绍完北极村包车一日这项业务，老三忽然开口问道：“在北极村包车一天去各处景点要多少钱？”小雨从喋喋不休立即转入一种打了鸡血的状态，他熟练地把车停靠在路边，然后向我们介绍这项服务的具体消费。

小雨说：“包车从漠河到北极村，单程路费为200。到达北极村后，往来几个景点的费用是130，景点包括北极广场、最北点、乌苏里浅滩和最北哨所。”

老三说：“我们进北极村后，还要过段时间才出来。单程路费加上包车一天的费用就是330块，对吧？”

小雨说：“对。”

老三说：“再看看吧。”

上高速路后，汽车迎着夕阳最后的柔和光线向前奔驰。路旁延绵堆积着积雪。暮光缓缓笼罩着了无生机的冰雪大地。远处的地平线上漂浮着一个血红的圆点，在那最后一抹苍穹的壮丽下，雪花又开始裹挟着我们飞舞。小雨表现出一种善解人意，问我们要不要下车拍照。他说他很负责地告诉我们，北极村已经看不到这么多雪了。当然不能错过这样的机会，我和老三从车上跳下去，扑倒在雪地里，尽情地撒欢。看上去，这一场由于行程计划的分歧所引起的沉默对抗，随着双方的喜不自禁，所有的不愉快，烟消云散了。

再高昂的情绪也敌不过刺骨的冰冻，裸露的双手从皮肤到指尖感到刺痛，甚至局部麻木。上车后，老三的情绪明显阴转晴。她欣然地告诉小雨：“我们明天租车北极村一日游。”我猛然惊讶地转过头看了老三一眼。我的惊讶当然来自她的情绪的剧烈波动并做出的如此草率的决定。我认为走马观花一日游，既不是老三的风格，也不是我的戏路。

我凭直觉预料，老三一定会后悔自己这种草率的表态。这种冲动，是颗随时可能惹出诸多不必要的麻烦的定时炸弹。

北极村

老三和小雨一路聊天，她显得很开心。汽车在茫茫夜色的死寂中跌跌撞撞地奔往最北端的临江小镇——北极村。一路的积雪成了坚冰，雨刮器在前挡风玻璃上无力地来回摆动。我的心境在冰冻肃杀的环境影响下有些焦躁起来。

距离北极村还有3公里。小雨将车停靠在路边，对我们说，一人花60元买门票不划算，建议我们从离北极村大门500米的右方路口迂回进入村子，俩人可节约120元。我说不需要。老三没有表态。小雨观察了一下我俩的表情，接着说他多次成功地帮助乘客逃票进入北极村。老三欲语还休，显然对这个建议有些动摇了。

我问："怎么一个村子都要围起来卖门票？"

小雨说："走哪儿不是这样？"

"真他妈×蛋！"我转过头看了老三一眼，接着说，"索菲亚教堂也要收门票，关乎人的信仰，怎么可以圈起来卖票谋利呢？"

我长吁了一口气。老三和小雨只是笑了一下，有点"见怪不怪"的意思。

一通不满发泄完，汽车停靠在离北极村大门500米的地方。视野所及，除了远处售票厅昏暗摇曳的灯光，附近没有一丝生机。凛冽，寒气逼人，深至小腿的积雪使人举步维艰。在小雨的鼓动下，我和老三踉踉跄跄地跟着小雨绕开售票厅旁的探照灯发出的微弱光亮，迅速地闪进了路口的小道。一步一陷，有点翻山越岭的感觉。我压低声音问小雨之前到底有没有逃票成功的"犯罪"案例。小雨说有。我说我内心好像稍微平衡一些了。

我和老三莫名其妙地带着报复般的快意，胆战心惊地紧跟在小雨身后，绕过两栋小楼，由于害怕室外的人发现我们的踪迹，刚才那一丝报复的快意随即变成了走投无路的茫然。为了躲过前方十米突然闪出来的人影，小雨指挥我和老三躲在灌木丛旁边。他让我们原地稍等。

老三悄悄地说："这太刺激了吧。"

我也压低声音说："刺什么激，你没听到狼嚎？"

三个人都不再说话，屏气凝神地注意周围的任何声响，除了前方十米外有人打电话的声音，还有群山中回荡着的一阵阵悠长尖利的狼叫。

“老三，有狼叫，你听到没有？”我指着远处让老三听。

老三侧耳倾听，有些紧张地说：“听到了。我们往回走吧。”

小雨问：“直接进村子里？”

我说：“再这么被吓下去，我这胆儿就破了。”

“胆儿怎么这么小？”小雨似乎有些半信半疑。

我说：“我又不做贼。”

老三催促道：“再待下去，没被吓死，也被冻死。”

我立即附和：“对。悲剧性英年早逝。”

半小时后，我们跌跌撞撞地钻进车里，还是老老实实买票进村。只有小雨，一脸挫败感。他带着我和老三“作案”未遂。

小雨很坦率地告诉我和老三，为了业务合作，他只能把我们拉到村尾一家叫作“吉顺旅馆”的地方住宿，淡季，住宿费100块钱一个房间。给吉顺旅馆拉去旅客，旅馆老板就会为他今晚的住宿免单。明天我和老三要包他的车，晚上他理应跟着我和老三吃住。

我说：“没问题。这么晚了，不折腾了，先过了今晚上再说。”

一进旅馆，消瘦矮小的老板娘带着一脸故作又夸张的热情朝着我们迎面走来。饥寒交迫的我看见老板娘那张挤眉弄眼的脸，有些本能的反感。我问老板娘可不可以吃饭，她热情地递过来一张菜单。我接过菜单，递给老三，让老三点菜。老三满脸的凄风苦雨，看了一会儿，扔下菜单说：“我不想吃，你们吃。”

我一阵云里雾里。

老三甩下一句话，转身进了房间。小雨坐在我旁边，又启动了他那种无人超越的亢奋模式——天南海北，滔滔不绝。我有意打断他的话，说：“老三不吃，我俩吃。你点菜，我再去叫叫她。”我起身，走到房间门口，门反锁了，房间厕所传来哗哗的流水声。

我敲门，大声地喊：“老三，出来吃饭！”

“我洗澡，你们吃，我不饿。”我从流水声中听到了老三的回应。

我回到饭桌边，无可奈何地面对小雨。小雨并未受到任何影响，兴致勃勃地接着聊。他从北极村未来的发展聊到微博。面对这种飞跃式的思维，最痛苦的是旁人根本抢不到话题。从第一盘菜端上桌，小雨就启动了自问自答的聊天模式。

小雨咬了一口韭菜盒子，问："你玩儿微博是吧？"

我"嗯"了一声。

他接着问："加V你知道吧？"

我又"嗯"了一声。

小雨来劲了，自问自答地说："这个微博，加V和不加V的区别就在于影响力，对吧？影响力来自于哪儿呢？那肯定是粉丝的数量，对吧？这个粉丝数量怎么快速增长呢？有一个办法，就是买粉丝，有6块钱800个的，也有8块钱1000个的，懂不懂？"

我忍不住问："6块钱800个和8块钱1000个有什么区别？"

小雨提高嗓门说道："粉丝分僵尸粉和湿粉。僵尸粉就是装装门面，而湿粉管转发。还有一种粉丝，转发了还得管评论，评论带转发。"

"加V要多少钱？"我故意显得有些好奇。

小雨放下筷子，边从包里掏手机边说："这个贵多了。"

我说："贵也得有个价钱嘛。"

小雨打开微博页面，把手机递给我，问："你买不买？我帮你用支付宝支付。"

我被他逗乐了："哈哈，谢谢，不用。"

小雨非要我看他的微博页面，我看了一下，说："还有V呢，你的粉丝挺多的哈，30多万。"

小雨笑了笑，显得有点不好意思，说："都是僵尸粉。"

我看了小雨一眼，又看看他的手机，问："你是户外俱乐部领队？"

小雨点点头："每年能有一两次带队出去的业务。"

我接着问："这个V怎么弄？"

小雨说："有身份有证件就好弄，不过像你这种没身份、只有身份证的，要想加个V，就得花钱买。"

我和小雨说着话。菜上齐了。我对小雨说我再去叫老三。我起身，再次走到老三的房间门口，喊她出来吃饭。老三的态度依旧很坚决：“不饿。不吃。”她说她已经躺下了。

老三一晚上的情绪让我感到从未有过的压力，特别是傍晚在路上那一通不假思索的表态。老三情绪焦躁，失控，在不淡定不理智的情绪下向小雨提出明天包车，我预料她会后悔的。我突然想把老三明天包车的草率决定推翻。

我边吃边委婉地表达明天不想包车了。小雨立即听出了我的意思，态度突变地问道：“你俩是不是一起出来的？”

我点头说：“是。”

小雨斩钉截铁地说：“你俩一起出来就是一伙儿。”

他的道理很简单，俩人一块儿出来就是一伙儿，谁出幺蛾子惹事儿了，另一个也跑不掉。我只好不再和他讨论这个话题了。

吃完饭，我回到房间。

老三望着我，态度坚决地说：“我明天不想包车。”

我暗自叹了口气。果不其然。

我说：“你做出的决定，你自己去跟小雨说。先要想好，找个切入点如何去说。还有，注意你的表情、语气，还有眼神。柔和点。”

老三从床上爬起来，穿上外套，去了隔壁房间。一分钟后，隔壁房间传来争论的声音，直至争吵。我坐在床上，侧耳细听，起身，灭掉烟头，欲去隔壁房间把老三拉回来。这时，老板娘出现在房间门口。

她依然一脸挤眉弄眼的笑，问我：“你们明天去不去江上坐雪橇玩？去的话，我明天早上帮你们联系人。”

我指指隔壁，说：“我去隔壁。”

老板娘说：“没事，他们在商量事情。”

隔壁争吵戛然停止。我坐回床边。随后，老三从隔壁房间回来了。

这一夜，我和老三谁都没有再说一句话。

旅程刚刚开始，竟然充满了冲突和自我怀疑……

一如既往的清晨。阳光明媚。我起床，收拾东西。老板娘扑过来，问我们去不去江面坐雪橇玩。我甩了俩字儿："不去。""你们要走？"老板娘表情诧异，继而挽留地说，"再多住两天嘛。"我坚决地说："不住！"

出门前，我问老板娘，昨晚上的蘑菇炒肉是什么蘑菇。她说是榛蘑。我问多少钱一斤，她说140。我让老板娘称一斤。我告诉老三，我改天寄回家。

我提着蘑菇，和老三走出了旅馆。

如果根据老三原来的安排，昨晚我们就应该去53°半青年驿站住宿。由于诸多原因，我们只好在吉顺旅馆住一宿。这一夜，我和老三心绪纷乱，留下空间，各自反省。好在这一篇很快翻了过去，成为"往事"。

我和老三踩着零碎紊乱的步伐，往村子里走去。我走在泥泞的道路上，一步一滑地往前挪移，心中又掠起翻山越岭、跋山涉水的艰难。走到一个转角，我抬头望见了驿站硕大的牌子。老三推开院门，我俩一前一后走了进去，似乎瞬间抚平了内心的狂躁与不安。

客栈老板不在，老板的妈妈在。当我们破门而入的时候，老板的妈妈在院子里搬挪煤堆。

老三上前问："老板在不在？"

老板的妈妈说："去哈尔滨了，过几天才回来。"

这就意味着，在这个大院里，只有我、老三和老板的妈妈三人。院儿里有两栋平房，典型的东北民居，都改造成了客房，有六人间和四人间，还有双人间，挨着厨房和客堂，有炕。室内的装饰让我有种回归旅程的感觉。老三指着走廊墙上挂着的照片和留满言的墙壁对我说：“你看，这才是我们应该住的地方嘛。”

安顿好后，我和老三站在贴在客堂墙上的路线地图前，认真地浏览。我建议吃完午饭走路去最北哨所。一拍即合。

上午还阳光明媚，午饭后，长空雪云密布。狂风席卷地面，野蛮地一扫而过。

院里那一大堆还未来得及融化的积雪被我和老三蹂躏得差不多了，我俩没心没肺地摔门而出，朝着江边走去。

出门，右转，我和老三来到神州北极星广场。偌大的广场铺满坚冰，与江面平行。江边草木枯黄，荒野苍凉。凛冽肃杀的天气浇灭不了我们的兴奋。眼前的景象，铺天盖地的白色，浩浩荡荡。穿过广场，雨雪迷蒙，我们晃晃悠悠地走上江面，沿江而行，前往最北哨所。

第一次和老三如此平静地聊天，瞎侃，甚至是毫无恶意地相互揶揄。我想起在拉萨卓吉旅馆遇见老三的时候，形单影只的她很快跟着我们玩得很开心。她跟着我们去帕瓦岗，去布达拉宫对面的山上，去一切公交车能到达的地方。她喜欢看着我和我的小伙伴们回到卓吉旅馆肆无忌惮地喝酒，尽情地聊天。老三不喝酒。在我们喝酒的时候，她总是坐在旁边，安静地看着大伙儿狂饮。我总觉得，那时候，她既安静，又善良。后来，我和小伙伴们陆续离开了卓吉旅馆，离开了拉萨。老三也从拉萨直接去了北京。

江边裸露的石子和杂草使行走并不轻松。我们慢慢走，边走边聊。

我问老三：“在拉萨认识我之前，你住在什么地方？”

她说：“我先去的珠峰大本营，徒步，下来后，就一直待在拉萨仙竹岛。”

我佩服地看着老三，竖起大拇指："牛掰！连珠峰大本营都去了。我本来也计划去，结果因为生病，去不了啦。"

"老三，当时一共徒步了多少公里？"

"53公里。"

"才53公里？"

"那上面都是高海拔好不好，大本营海拔高达6000多米。"

"确实牛×，5000米就能把我憋死。"

"到达垭口的时候最吓人……"

"咋的啦？都死在那儿啦？"

"什么呀，我是说垭口上边特别可怕，一般人不敢上去。"

我们边聊边往江中心挪动步子，走着走着，我感觉像踩到冰窟窿似的，立即转身往回走。老三在身后取笑我："瞧你那点胆子，还敢出来混。"

我承认我有些胆小："有句话说了，江湖跑老了，胆子跑小了。我这是江湖没跑老，胆子倒越跑越小，越来越怕死了。"

老三得寸进尺："这么点胆子，你也就在家里吹吹牛×还行。"

我有些不服气："我什么时候吹牛×了？"

老三以教训的口吻说："你心中有太多放不下的东西。你现在越来越矫情了。"

一阵强风席卷而来，我捂了捂衣领，大风吹得我说话都张不开嘴。老三矗立在江面，用她那江西口音咆哮："这小贱风啊，吹得我实在是太嗨了！"这是当年在西藏我们二哥的经典语录，后来被我反复盗用，现在就这么被与二哥素未谋面的老三给盗用了。

"老三，我怎么又矫情了？你敢不敢直面并且赞美我的勇敢和低调？"

"嗯，是是是，你勇敢还低调。从西藏回去后，你胖了不少吧？"

"哪壶不开提哪壶。老三，你说你是不是嘴贱，是不是？"

“这小贱风呐，要命地吹，我们啥时候才能走到最北哨所呀？”

“还有一公里。”我面对老三，指着前方说，“各位电视机前的观众朋友，我是锦江区电视台的，现在，我和龙女士正位于中国最北端为大家发回报道。前方一公里处，就是我们今天要去的地方——中国，最北哨所！”

“哈哈哈哈哈哈……”老三大笑起来。

我一本正经地说：“严肃点，不要笑。”

老三激动起来：“我这大老远地来了，今天一定要走到最北哨所！”

我们踩着积雪，在风中欢快地说笑，开始欢快地奔跑。

老三被我甩出一段距离后，在我身后拼命地嚎了一嗓子：“奔——跑——吧！少年！”

老三的声音刚消失在江面上，我忽然听见从身后发出老三尖利又慌张的吼叫。我马上转过身，老三以最快的速度躲在江边弃用的渔船旁，神色惶恐，朝着我大叫：“狗！在你身后……”我看见了，一条狼狗气势汹汹地在我和老三之间愤怒地咆哮。我胆战心惊地挪动步子，绕过狼狗，慢慢地往回走。眼看我快要走到老三身边，老三闪电般地从地上抓起一块石头，冲上来，砸向狼狗。狼狗并未跑开，龇牙咧嘴地与我们对峙着。我急迫地催促老三：“快走，快走！”忽然，老三爆发出惊人的胆量，奋不顾身地冲过去，一边朝着狼狗嘶吼，一边抓起石头往狗身上砸。

狗，终于被吓跑了。带着惊魂未定和扫兴，我和老三穿过北极星广场，回到客栈。

寒风肆虐。

回到客栈后，我和老三的注意力又集中在院里那堆在我们出门前已经被蹂躏得肮脏邋遢的积雪上，还有那两只秋千。我们把院子里能玩的统统玩了一遍后，开始变得穷极无聊。幸好，客堂柜子上的那两排书吸引了我们的目光，并最终让我们的心安定下来。于是，我拿了一本书随便翻翻，老三坐在壁炉边重温三毛。

我跟老三说，三毛嬢嬢（四川话，阿姨的意思）是我的偶像。三毛的作品真诚、平实，还有许多细腻，那种细腻又流露出让人心生爱怜的柔软。我又说，三毛的书只适合读一遍，只需要读一遍就能领悟到她的文字中流露出来的情感的力量，再读就没什么意思了。

老三没有理我。她看得很认真。

老板的妈妈坐在缝纫机前，先把枕头套拆开，又重新缝补。望了一眼专注于缝纫的老板的妈妈和安静地阅读三毛的老三，我感觉有些惭愧。我走到沙发边，仰面躺下，安静地翻看自己的笔记本。过了一阵，我用四川普通话轻声地诵读云老师送给我的那首诗，一遍又一遍地读。老板的妈妈抬起头，问我："丫头，你自己写的？"

我从沙发上坐起来，望着她，说道："不是，是朋友写来送给我的。我不会写诗。"

老板的妈妈说："写得真好！"

"阿姨，您儿子多大了？"

"20了。"

"那比我大一点。"

"丫头，我这里可以拼餐，20元一位，晚上一起吃饭不？"

老三放下书，抬头插话说："可以。"

我也表态："我更没问题。"

老板的妈妈以关心的语调问："你们女孩子出来，父母就不担心？"

我说："不就旅个游，有什么可担心的。"

老板的妈妈说："咳，那可不一定，我儿子出门我就担心。他一出去就好几个月。"

老三再次抬起头问老板的妈妈："你儿子出门，一般都去哪儿？"

老板的妈妈说："什么地方都去，每年都要出去一次。你们准备玩多久？"

老三回答：“不知道。”

老板的妈妈接着问：“你们都从事什么工作的？”

“我辞职了。”老三指着我说，“她写书的。”

我带着怒意瞪了老三两眼。

入夜，宁谧和寒冷笼罩着整个村庄。我和老三坐在壁炉边，喝酒，聊天，这是唯一的娱乐项目。老三第一次向我透露了她今年的旅行计划。6月去西宁、新疆，接着走青藏线进藏。

我看了老三一眼，慢悠悠地说：“令人羡慕的计划。”

老三说：“其实我最想去的地方是新西兰。”

我喝了口啤酒，想了至少三秒钟，脑海中不断闪现出铺天盖地的牛奶广告，导致我下意识地联想到专产牛奶的新西兰，一头头黑白花奶牛漫步在绿茵茵的草地上，安详地低头啃吃着丰美的青草。

于是，我对老三说：“鉴于你少年时代对上海外滩的向往都源于对那些琼瑶电视剧的痴迷，我不能不联想到你想去新西兰是不是因为看了什么牌子的牛奶广告？”

“不是。我就是喜欢那里。”老三接着问我，“你最想去哪里？”

我说：“那就多了。日本、英国、西班牙、委内瑞拉，哎呀，反正没去过的地方都想去一趟。”

老三笑着说：“你这不是冲出亚洲走向世界的节奏，而是起了想要冲出地球、遨游宇宙的歹心。”

我说：“老三，你不要践踏我的理想，我会生气的。”

老三又问：“你最想去的地方怎么这么多？”

我喝了口啤酒，冷冷地说：“有理想，又不犯法。”

夜深了，回到房间，四壁清冷，寒气逼人，依然浇不灭我和老三今夜难得而又迫切的交流愿望。我盘腿坐在床上，面对着老三。她趴在隔壁床上，望着我。我看了她很久，从她眼里捕捉到欲言又止的神态。我问老三是不是有什么话要说。老三说我总是给她一种心里埋藏了很多秘密的感觉。我顿时觉得自己的习惯性沉默，或许一路上给老三带来了莫大的不必要的压力。我回忆着这短暂的一路走来，猛然发现，老三竟有些怵我。她循环往复着某种心有不甘，又带着那一份隐秘的愤怒，时常对我进行莫名其妙的攻击。而我为了相安无事，只能半开玩笑半当真地说："这是病，得治。"

老三告诉我她内心隐藏的巨大悲伤。我说回忆是一种伤痕，过去的就让它过去吧。这种宽慰的言辞显得很套话，尤其在老三已经流露出莫大的悲伤时，显得毫无力量，没有任何意义。老三拉了拉被子，掖在手肘处，伸出另一只手摆动着，带着无奈也不奢求别人能在多大程度上体会到的表情说："不。童年留给我的，是一种无法弥合的悲恸。"

我顿时明白，她只是想有个人听她讲完这些，仅此而已。

老三说她有个妹妹，还有个弟弟。我说，我们出生那个年代不是实行独生子女政策吗？老三说，事实就是，她妈妈生了三个，超生了两个。

老三她妈妈生的头胎，就是老三。从老三记事起，老三过的是一种幸福的，貌似无可挣扎的童年。几年后，她妈妈生了个妹妹，老三伙同她妹妹，一起享受着那份来自这个殷实家庭的呵护和满足。直到后来，她妈妈又生了个弟弟。按照传统家庭的结构和愿望，添丁，无可厚非的圆满。可是，从老三的弟弟两岁开始，她们一家的生活仿佛瞬间跌入了万劫不复的苦难深渊。弟弟频繁生病，病到这个家庭已经无法支撑。后来又慢慢地开始了一种让人难以相信的、打破平静的混乱。再后来，老三的爸妈带着弟弟四处问医。本来殷实的家庭，因为弟弟负债累累。

对于自己的童年，老三只用了一个词形容：赤贫。这种赤贫给了老三和老三的妹妹无尽的苦难、自卑和不公。

这种赤贫导致的苦难和惶惶不安的情绪一直折磨到老三高中毕业。老三说自己从记事起，这种生活上的落差导致她煎熬地混过小学，接着混完初中和高中。她日思夜想地梦想着考上大学就能脱离这种苦难，可以坚实地开始自己新的人生。可赤贫的残酷就在于老三以高分考上大学后，由于家庭多年持续的负债，老三被迫放弃了她梦想的大学，放弃了她梦想和拼搏编织出的新的人生，被迫扼杀掉那份努力后唯一能抚平内心创痕的自身价值的体现。在这个熙来攘往的人间世界，老三只能一头扎了进去，带着无处宣泄的悲伤。

说到最后，早已泪光闪闪的老三抹了把脸，故作洒脱，微笑了一下，自哀自怜地说："过去了，这都过去了。"目光忧伤。

这一夜，宏广无边的黑夜，淹没了老三的悲伤。同时，吞噬了我对外面世界所有的挂念……

在客栈和老板的妈妈拼餐，解决了我每天起床就纠结接下来吃什么的问题，也暂时消除了我和老三面临的最大问题——南北饮食差异带来的烦扰。可是，不久之后，老三开始埋怨对顿顿东北菜的厌烦。她说，再这么吃下去，她会疯掉的。

为了不使自己承担老三万一精神分裂的民事责任，我觉得我应该对老三在三餐的诉求上做个调和。于是，我满村子寻找除了东北家常菜外的其他菜系。很可惜，全村除了卖饺子面条东北菜，就是卖煎饼烤面小烧烤。

我给老三承诺，过段时间，到了漠河县城，请她吃川菜。

白天的北极村，灰尘滚滚，雪云堆积头顶，气氛压抑烦闷。运渣车野蛮地奔忙在北极星广场旁边的一片大工地上，噪音四起。

头一天走路去最北哨所的热情被狗撵这么一个残酷的事实扼杀后，我和老三懒散地沿着江边上游去北极村的北望亚口广场。一路祈祷不要再遇上狗。栈道上一路的积雪成了我和老三共同蹂躏发泄的对象，走一步，往积雪上踢一脚。这是我俩对这种天气导致的极度无聊做出的最无力又最无聊的挣扎。走了两公里，我们来到传说中的“最北一家”。这里有一个商店叫“最北商店”，还有一家客栈。这儿是名副其实的最北。踏过小院门前，连只流浪狗都没有……人烟荒芜，路绝人稀。

老三再次提起她今年要走新疆的路线计划。有探讨的意思，有炫耀的成分，最重要的是，她想告诉我，不想再在北方继续走下去。

我没有说话。彼此心照不宣。

往北望亚口广场继续走，一路的积雪被我们反复破坏。老三说：“我觉得我俩的破坏力也太强了点。”我跳进一堆积雪里，狠狠地反复踩，发泄地一边踩一边踢一边骂：“我犯贱，我他妈死都找不对地方，我他妈四月不去林芝，来这么个冻死人的连保险都不够条件的地方，我他妈就是贱……”老三坏笑地看着我发泄了一路。

千篇一律的荒凉景象，一如既往的无聊。荒凉与冷清把我们的耐心和热情践踏得一无是处。寂寞总是在挑衅着我与老三在肃杀的环境中并不坚强的心境和已经产生隔阂的友谊。我们还是没能走到最北点的北望亚口广场。远远望去，有一个白色的建筑坐标耸立在远山深处。

回到客栈，老板的妈妈告诉我们，她要赶回加格达奇上班，等不到他儿子回来了，客栈必须暂时停营一个星期，一个星期后，她的儿子才能从哈尔滨回到北极村。

我和老三收拾东西准备第二天挪窝。

第二天，临近中午，起床，跟着老三的节奏，洗漱。收拾背包时，我发现多出来的东西已经塞不进背包了。老三再次帮我解决了这个我从来都认为打包是我脑力加体力也始终无法攻破的技术难题。尽管前不久在从哈尔滨去大庆的路上，老三把坤叔给我们买的面包、红肠搞得不知所踪。

我和老三决定从53° 半青年驿站搬到村头的国际青年旅舍。我们背着背包，出门，一路想象着国际青年旅舍应有的氛围和久违的热闹，还有与陌生人浅浅地交谈，在美好的想象中消遣着即将再次来之不易的快乐。

当走进全村这家唯一的国际青年旅舍时，我和老三仿佛被一种莫名的力量从云端拉下来，重重地砸进现实的深坑。

因是淡季，青黄不接的季节，国际青年旅舍同样冷清萧条。除了我和老三，又只有老板的妈妈在。连老板自己也出门寻找喧嚣去了。心情的巨大转变，导致我和老三又带着穷凶极恶的无聊莫名其妙地仇视对方。比如，我指责老三说话不严谨，爱表态，喜欢挑事儿。老三则说我一如既往地爱装犊子。我们就差打一架以做消遣了。

在国际青年旅舍住下后，我们计划着观景路线，打算从北极村去北红村和乌苏里浅滩。但因天气恶劣，道路难行，导致出行计划告吹。心情再次坠入深渊。只有在失落这一点上，老三永远和我同步。

白雪再次统治了整个村庄。我和老三走出国际青年旅舍，迎着鹅毛大雪，外出解决首要问题——午餐。老三还要去邮局寄明信片。我也要把一些东西寄回家，包括那袋蘑菇。

我俩闪进北极村圣诞邮局旁的小食店。因为一只小狗，我们和老板很快熟识起来。老板经常去俄罗斯，带些香烟、烈酒以及套娃等小玩意儿回来倒卖。

我抱着小狗，和老板开玩笑："生意做得挺大哈。"

老板笑了一下："养家糊口，小生意。"

我打趣地说："不小。这叫国际贸易。"

老板从桌子底下拖出一只大纸箱，老三以迅雷不及掩耳之势冲到老板面前，表现出对外贸商品的极大兴趣。老三先拿起一个套娃玩，接着问了几种烈酒的价格，最后，只买了一盒十块钱的香烟。粉红色的外包装显得有些暧昧俗气，烟盒上只有一个外语单词。

我问老三："这什么意思？"

老三指着盒子上的单词，一本正经地说："Sweet，甜蜜。"

和老板熟识后，免不了被他问从哪里来，到哪里去。对于这类深奥的哲学问题，我和老三一路面对，早已麻木。我曾经和老三说，全国人民都怀有一颗"哲学探讨"的心。

老板指着我放在桌子上的那袋蘑菇，问我是不是要寄回家。我告诉老板，那是榛蘑，这里的特产嘛，正要寄回家。我带着沾沾自喜的神情，边说话边把包装袋打开。老板伸手抓起一把，看了一眼，淡定地闻一下，随即告诉了我一个犹如五雷轰顶的事实。他说："这是草蘑，不是榛蘑。"听闻这个犹如噩耗般的鉴定结果，我立即意识到"草蘑"和"榛蘑"的价格差异。在老板还没有说出价格之前，我心想两种蘑菇的价格差异也不至于太离谱。

老板问："买成多少钱一斤？"

我说："140。"

老板的表情明显转变得有些义愤难平："太讹人了不是？草蘑也就20块钱一斤，榛蘑也不会超过120。"

我再也不想说话。以一种让自己沉默到死的姿态来企图抚平我内心那巨大的挫败感。

老板又从袋子里抓起一把，握在手上，问："哪家买的？"

我说："吉顺旅馆。"

老板摇了摇头，不再说话，走开了。

"我让你别买，你不信。"老三带着幸灾乐祸的表情看着我。

我心里一股火气往上冒："你什么时候阻止我了？"

老三说："那天，我以为你只是问问，哪知道你马上就买了。"

我两眼无神，充满挫败感地瞪着老三。老三没心没肺地哈哈大笑起来。毫无疑问，这是报复性的。

解决完午餐，我和老三走出小食店，去一街之隔的最北邮局——北极村圣诞邮局。走进邮局，迅速扫视完全西式的内部格局，我说：“果然洋气。”

老三把明信片拿出来准备挨个儿写寄语，她想了半天，自言自语：“写点什么呢？”

我看着她，也想了半天，掏出手机，说：“我允许你剽窃云老师送给我的那首诗。”

老三喜出望外，趴在半人高的柜台上，千篇一律地把《你从南方来》的最后一段抄写在从53°半客栈买来的老板自产自销的那15张明信片上。

我提醒她：“你能不能写个出处？”

老三抬起头有些茫然地望着我：“什么？”

我带着千分鄙视的眼神，用万分鄙夷的口气说：“不知道的人还以为是你写的诗呢。”

老三想了一下，说：“也是噢。”

于是，老三又逐张在几乎写满内容的明信片上补写了几个字——《你从南方来》，但仍没有写明作者。加上题目后，更使人以为她在北极村给大家写了一首诗。挨张抄完小诗，准备盖章投递，老三被一位女工作人员无比残忍地告知本邮局的“消费标准”——盖一个章两块钱。老三告诉工作人员只需要盖免费章。那女的头也没抬，只是懒散地伸出一只爪，漫不经心地朝门口柜台指了一下：“过去。”我觉得，那女的应该在“过去”的前面加一个“滚！”这样，才显得特别有脾气。而且，反正多说一个字，又不费电。

我和老三按照工作人员的指示，“滚”了过去。老三像在小摊上拣到便宜货似地盖完了15个免费章，然后叫上我，又滚回到收费盖章处。为了让那工作人员不必用如此犀利的眼光摧残我们脆弱的灵魂，我和老三以一副死猪不怕开水烫的架势，指着柜台里的纪念品挨着问了个遍。

最后把注意力集中在那五枚纪念章上。我说：“制作挺精致的。”

那工作人员竟然懒得理我们。

寄完所有的东西，我们像完成了重要任务似的，一身轻松。老三掏出卷烟，递了一支给我，她自己也掏出一支点燃。

我和老三冒着乍暖还寒的风雪，哆嗦地哈着气，抽着“甜蜜”的香烟，带着各自内心深处隐秘的忧伤，向国际青年旅舍走去。我们抽着烟，谁也没有说一句话。

雪下得更大了。飘飘洒洒，浩浩荡荡，像是我所有的思念。浩浩荡荡。

回到旅舍，我漫无边际又无可奈何地倒在炕上。下午三点，时光萧瑟，在暗夜中的那种特有的孤独，在心头，汹涌澎湃。我情绪低落地一直躺到天黑。

吃完晚饭，我又回到炕上，直到深夜。时而感到不知身在何处的茫然；时而产生极度思念、悲伤绝望的慌张；时而像是心里长满了荒草，怎么拔也拔不干净；时而恐惧于光阴荒废，不知何去何从的失落。

我翻了个身，转向老三。老三从下午抱着电脑到现在就一直没松过手。除了吃饭。

我若有所思地说：“都这么多天了，哈尔滨应该春风拂面了吧？”

老三头也没抬，但语气听得出那种解脱似的兴奋：“应该吧。要不明天回哈尔滨？”

我有气无力地再次翻身，面对墙壁，喃喃地说：“等等，再等等。”

老三对我犹豫的回答很不满意。她再次鄙视了我。

这个季节的东北，萧条，寒冷，闭塞，我眼看就要心生绝望，若再不换个有点朝气的地方，恐怕很快就会出现英年早逝的悲剧，真的就要后会无期了。

大约过了十分钟，老三终于等来了我那一句："明天我们回哈尔滨！"

"你怎么这么磨叽。"老三迸发出有些不耐烦的情绪。

我懒得理她。

老三目不转睛地盯着电脑，说："明天下午三点有一趟班车，坐中午12点的大巴出村吧。"

我有气无力地回答老三："你安排就是。"

第二天清晨，破天荒的阳光明媚，空气中隐隐约约地漂浮着春天的气息。远山深处升腾起氤氲的晨雾。

我和老三欢快地朝着村口奔去，边奔跑边呼喊，春天来啦！

漠河火车站。

去北极村的路上，我和老三在公路边的雪堆里嬉戏。

漠河的黄昏。

北极村村口。

北极村。道路两边积雪未化。

北极村。53° 半青年驿站。

北极村。一台拖拉机上的“吉祥客栈”牌子。

中国北极村圣诞邮局。

北极村。冰冻的黑龙江支流。

哈尔滨的春天

老方头

罗曼·罗兰说："每个人都要轮到去登上千古长存的受难的高岗。每个人都要遇到千古不灭的痛苦，抱着没有希望的希望。每个人都要追随着抗拒过死，否认过死，而终于不得不死的人。"（《约翰·克利斯朵夫》，第3卷，《傅雷译文集》，第7册，415页）

在开往哈尔滨的列车上，一位身材颀长而消瘦的老头儿背着麻布口袋坐在我和老三的对面。老头儿看了我和老三很久，似乎从一开始就表现出试图与我俩交流的渴望。他不断地试着跟我或者老三找点话题聊。我和老三经常会在陌生的环境中本能地保持一种漠然，常常给人传递出一种出门从来不带智商的感觉。

我耷耸着脑袋，使劲儿地扒拉着那一份凄厉的盒饭，并且发誓——只是为了活命。而老三依然坚持着饿死也不委屈自己味蕾的那一份豪迈。不过，那一份豪迈怎么也掩饰不住因为"饿"所流露出的——忧！伤！

那种忧伤，写满了老三的脸庞。

老三独自倚窗尽情地忧伤。我在跟填灶坑似的没完没了地吃。老头儿和我的第一句开场白自然就是："这盒饭味道怎么样？"

事实证明，吃饭是一件很接地气的事，顺理成章，以"吃饭"主题作为开场白，更是一件接地气的事。而忧伤，就显得小傲娇了。特别是在千里之外的火车上，倚窗，独自，忧伤。于我而言，老三的戏码和这个场合不搭调。

我给老头儿的回答是："还不错。"连头都不想抬。很明显，我在敷衍他，不过痕迹太明显。老三转过头，斜了我一眼。

我不想理他，是因为我觉得，吃饭太重要了，不吃饭，人就会饿死。

老头儿忽然有些激动地说："我也来一份。"

五分钟后，我带着无比满足感，撑得只能以一种斜躺的姿势杵在座椅上。而老三，依然饿得那么忧伤。老头儿在我和老三的共同注视下，摇晃着身体站起来，打了个趔趄，蹲下去掩座椅底下的布口袋，缓缓地掏出两个小塑料袋和一瓶烧酒。他那双枯萎的双手一直在不停地颤抖。他重新坐下来，竭力控制着双手的颤抖，打开其中一个塑料袋。

我忍不住问老头儿："这是什么？"

我显得有些冒昧。至少，我这么认为。老头儿一点儿也不介意，给我和老三指了指他面前铺开的塑料袋，说："自己腌的咸菜，牙不好，这么多年了，下酒还是离不开这东西。"他说完，兀自笑了笑。我和老三勉强地跟着笑了。老头儿打开酒瓶，白酒已经喝得所剩无几。

他对着瓶嘴儿"呲"的一口，问："丫头，喝酒不？"

"看心情喝。"我说，接着又补了一句，"不过，不喝白酒。"

车厢在用餐时间中显得越来越嘈杂拥挤，老头儿怡然自得地喝酒，不断找话题跟我们聊，他说："我叫老方头。"但并没有问我俩叫什么名字。

老三问："您一顿能喝几两？"

老方头笑了下，露出一口不太整齐的牙齿："六两。"

我和老三不约而同地"哇"了一声。

老方头望了一眼窗外。远处朦胧孤独的旷野。

我问："老方头，您在哪站下？"

"塔河。"他边说边伸手移动着小餐桌上的空酒瓶和餐盒，"我出门看战友，一个地儿停留几天，就这么过来的。"

老三问：“你停留的地方都有你的朋友？”

老方头迟疑了瞬间，方才说：“是战友。我要去看看他们。”

我和老三对视了一眼，表现出对面前这位其貌不扬的老人有一种莫名的崇拜。

老三因为获得了感兴趣的话题，立马抛弃了刚才那一身忧伤的气质，变得善谈起来，很外向。她兴致勃勃地问：“老方头您贵庚？”

老方头说：“六十好几了。”

老三接着问：“您子女放心您出来？”

老方头扒拉开另一个塑料袋，说：“我得去见我想见的人了。”

我和老三又对视了一眼，没有说话。其实是不知道该说什么。

老方头抬头打量着我俩：“你俩哪儿来的？”

“我江西，”然后老三指着我说，“她四川。”

“四川，我有20年没去过了。江西也去过，但那是很多年前的事了。”老方头的语气很是感慨。

我说：“您还可以再去走走，故地重游。”

“身体不行，也不想去了。那里并没有我想见的人。”老方头边说边扯出一张烟纸，把烟丝均匀地铺在烟纸上，用枯瘦颤抖的指尖慢慢地卷起烟纸一角，“我肝癌晚期。”

我和老三瞬间被“肝癌”和“晚期”这四个字震住了，一时不知道说什么好，只能怔怔地注视着老方头的表情。他又笑了笑，显得很平静，也很淡然，又似乎在竭力平息一种无法言说的悲伤。

车厢依然很热闹，有收音机在播放二人转节目，隔壁一个男人在给旁边的女人们讲段子，过道里飘荡着来来回回的叫卖声。

见我俩没说话，老方头问：“尝尝我这卷烟？”

我点头说：“可以。”

老三则摇摇头，指了下座位上的东西，说：“你们去抽烟，我照看行李。”

老方头站起来，蹒跚地走向车厢连接带的吸烟处。我也站起来，跟着去吸烟。

老方头递过来的烟卷被我点燃，但我并没有要“尝尝”的想法，只是拿在手上，嘴对着烟嘴，看着老方头。

老方头并没有注意到我的举动，忽然问我：“到哪里去？”

我说：“去哈尔滨。”

老方头谆谆地说：“你们趁着年轻，一定要多走走。”

陷入片刻的沉默。我不能主动提起他的病。我注视着烟卷一点点地化成缕缕淡蓝的烟雾，缭绕在整个逼仄的车厢连接带。

老方头倚靠着车厢锅炉门边，侧头望着车门玻璃外面：“自从查出晚期，我能感觉到身体每况愈下，时日不多了，我就寻思着趁着还走得动，我得去看看我的战友们。”

我怔怔地看着说话的语调变得唏嘘感慨的老方头。我沉默着。

我捺熄烟卷，脸部贴着车门玻璃望向远处。天色渐晚，广袤的平原，沉默，又孤独。

老方头慢慢地抽着卷烟，喃喃地说：“已这把岁数了，我也活明白了，我今年年初去了一趟广州，去看我最好的朋友。他去了广州二十多年，我俩有二十多年没见面了，可我没有跟他说，他老哥我活不久了。”

我转过身目不转睛地看着老方头，他似乎在诉说着他和他最好的朋友在久别重逢时互诉衷肠却又没有说出口的话。而这些话，他的好朋友，永远也不会听到了。他不想让好朋友知道。他们这一次的久别重逢后，极有可能再也见不到对方了。

列车行驶在起伏的平原上，两边的树木遮挡住本应广阔的视野，依稀看得见远处的一马平川。车门缝隙不断钻进清冽刺骨的寒风。

老方头扔掉烟头，说：“走吧，回座位上去。”

我跟在他身后，挪着步子。

老三问我纯手工烟卷味道如何，我毫不避讳地对她说这烟给我口腔和肺部所带来的不适。车厢持续热闹着，我和老三注视着旁边桌上几个东北人的晚餐——豆皮卷。这与山东的煎饼卷大葱吃法类似。东北的吃法是，用一种新鲜的豆皮将大葱、青椒条或者黄瓜条蘸酱裹两圈。老方头说，这种吃法可以当顿，顶饿。老方头问我们吃过没有，老三说“没有”。老方头说：“那我给你俩讨点儿。”我和老三没有阻止老方头的热情。于是，这让我和老三在持续不断的热情接力中，受到围观。

在我和老三的身后一直站着一位大婶，估摸着有五十多岁。她始终以一种趴在椅背上、双手支撑整个上半身的围观姿态，看着我和老三在众目睽睽下接过老方头讨来后用卫生纸摊着的豆皮卷。老方头让我们尝尝。我们照办。

老方头问我们吃得惯不。老三又咬了两口说：“还可以。”

我说：“我们那儿不吃这个。”

我身后的大婶问：“那你们吃什么？”

“米饭。”我说。

大婶表现出强烈的好奇心：“我知道，我问的是你们吃什么菜？”

我扭头望着大婶说：“炒菜。没有这个吃法。”

我笑着摇了摇手上实在无法下咽的半截豆皮卷。

沉郁的气氛陡然缓解。老方头又拿出一瓶二锅头，还有一袋黑黢黢的腌菜。他陶醉地边嘬着小酒，边回忆往事，还有，他的故乡。随着安静下来的车厢，这些话，渐渐沉入暮色中。他再次谆谆地对我和老三说：“一定要趁着年轻，多走走。去看看你们的朋友。”

窗外漆黑一片，列车发出减速的鸣笛，“呜呜”声由高变低，接着缓慢地滑行。

我问老三：“塔河到了吧？”

老三说：“应该是。”

老方头慢慢起身，穿上外套："我下车了，祝你俩一路顺风。"他边说边鞠下身，提起口袋站起来，慢慢地跟着人群，步履蹒跚地走向车门。这时候，火车停稳，门开了。

我和老三转过身，望着他离去。

老三朝着老方头的背影说："您保重！"

我没有说话。生命的长河原来如此缓慢而深沉。

数分钟后，火车缓缓启动，继续爬行在沉默的大地上。

我神情凝重地思考着死亡到底是个什么概念。

我对老三说："时间，是我最大的敌人。"

火车行驶在沉沉的暗夜中。随着深夜降临，车厢里只剩下此起彼伏的鼾声和偶尔敛声屏气的交谈声，伴随着我一些神思恍惚的遐想。

次日清晨，老三从睡梦中醒来，出于我怕她饿死，我问她："你吃不吃早餐？"

"不吃。"老三想都没有想地回答了我。

我认为老三一直在挑战我悟出来的"人不吃饭就会饿死"的真理。她一路都在用事实证明——人少吃两顿饭，饿不死。

我讪笑她："你意志真坚强。"

和老三的冲突

我和老三风尘仆仆地回到了哈尔滨，再次入住"幼稚园"。旅社周边的一切，与我们初次来这里看到的那种邋遢萧条景象截然不同，现在空气澄澈，草长莺飞，春风吹拂大地。

老三在前台登完记，回到房间，说：“告诉你一个好消息和一个坏消息。”

“赶紧说。”我催促她。

老三说：“坏消息就是‘幼稚园’将在本月30日被当地政府收回，将改造成为犹太历史博物馆。”

我带着莫名其妙的神情问老三：“好消息是什么？”

老三说：“我们不需要重新找旅社，在政府收回这栋楼改造为博物馆之前，我们已经离开了。”

我瞪了她一眼：“这也算好消息？”

晚饭后，我俩倦怠地窝在大厅沙发上，各自“忙碌”。我慢慢喝着一瓶又一瓶啤酒。老三看完电影《香水》，接着看一部叫《战马》的老片子，如痴如醉。她说，她要把大厅电视柜里的影碟看完一大半再走。

我斜睨了老三一眼：“我明白了，原来你是来东北看电影的。”

“看电影也是旅行的一部分，”老三反击道，“你也不是来旅行的，是来喝酒的。”

我说：“喝酒也算旅行的一部分。”

老三特别喜欢《香水》，不止一次提到这部电影，并竭力向我推荐。我没告诉她，我看过。她罗列出一大堆关于对这部影片的理解，比如片子最后的慢镜头，如何让人震撼。我慢慢喝着酒，扫视四周。大厅人不多，前台的服务员永远带着一成不变的表情在忙碌。吧台跟前，有个学生模样的男孩子，看上去浓愁满腹，那种失恋后的标志性痛苦写满了他不谙世事的脸上。我看了他一眼，他也回看了我一眼。

男孩子从吧台的高凳上下来，带着强烈的诉说欲望，径直走到我和老三的对面。老三依然在看电影，偶尔好奇地抬头扫视我和男孩子一眼。男孩子看上去很年轻，他在我和老三对面坐下来，问：“你们是哪里人？”举手投足有些稚拙。我并不喜欢这种冒犯性的开场白，保持一贯的沉默。老三回应道："南方。"

我依旧窝在沙发上，看着男孩子，他显得慵懒忧愁。

男孩子喝着酒，眼神朦胧地看着远方，似乎有一种穿透万物的力量。他很不明白为什么山盟海誓经不住时间的考验。他说自己和女朋友都很喜欢哈尔滨这座城市，这里是他们计划毕业旅行的第一站。他们计划去漠河，去北极村，去乌苏里，去他们认为中国最远最北的北方，带着山盟海誓，走遍天涯海角。在大学毕业前，他们约定直接从西安坐火车到哈尔滨，经历一场浪漫的旅程。

可是，如今，他一个人来到了他们当初约定的城市。

说完，他泪光灼灼地举起啤酒瓶跟我碰了一下，然后猛灌一口。我注视着他，但不知道怎么去安慰他。我递给他一支烟，看着他点燃。他显得木然又悲苦。

我将求救的眼神投向老三。老三随即合上电脑，接过话茬，整个过程完美地完成了由倾诉到情感咨询的交接。

男孩子说，为了那个女孩子，他在三年多的时间改变了那么多，又放下了那么多，可是，还是终究敌不过女孩子那一句"我们不合适"，从而毁灭了之前对感情及前途的憧憬。他说完，摇了摇头，苦笑着，一口接一口地抽闷烟。

老三说："真正的爱，就是成全。"

我完全失去了再听下去的耐心，起身走到吧台旁边，开了两瓶啤酒，转身走回去，递一瓶给男孩子，然后我走开了。

当我喝完最后一瓶啤酒，男孩子起身回了房间。老三也带着热忱和善良结束了这个本该属于任何个人的夜晚。我又坐回老三身边。老三狠狠地瞪着我，继而"哈哈哈"地笑了几声，我莫名其妙地企图在她脸上找到答案。

我问："你笑什么？"

老三反问我："你为什么不跟别人搭话呀？"

我说："我不想说话。"

老三说："人家那么信任你，主动找你说说话，你竟然不理人家。"

我说："我就是不想说话。"

阁楼上的房间，剩下我一个人。我掀开花窗上的窗帘，昏暗的路灯下，一辆小车孤零零地驶过。回到哈尔滨的第一夜，终归静悄默然。

回到哈尔滨之前，老三做了很多安排，这看上去很美。可是当回到哈尔滨时，老三唯一钟情的，就是刷微博，看电影。我唯一钟情的，除了睡觉，还是睡觉。

早上还未醒来，电话急促地响起来，我家里来电话，雅安地震，成都震感强烈，询问哈尔滨有无震感，我说毫无感觉。挂完电话，我愣了至少十分钟。一种本能上的恐慌随之而来，让人极度不安。

除了关注微博上第一时间出来的新闻，剩下的只有茫然失措。我赶紧起床，跑下阁楼。大厅里的电视机正在播放雅安地震的新闻。因震区等待救援，央视的画面除了主持人晃动硕大的脑袋随时连线前方记者外，就剩下画面滚动播放的GIF图。无济于事。

从大厅回到房间，老三已经起床。

我上阁楼拿洗漱用品，被老三叫住："大清早的你干吗？"

我说："看新闻，雅安地震，7.0级。"

老三"哦"了一声。

待到日上三竿，我和老三确实没有什么可干的，显得无所事事。为了缓解早上的压抑和不安，我给老三建议——吃完饭，逛街，捕捉时尚。

其实，就是散步，压马路而已。

为了压马路也要压出一种帅气和不羁，我戴着坤叔送给我的那副墨镜，还换了一件中式小棉袄，戴着一顶鸭舌帽，准备出门。

临出门前，老三说：“你太高调了，能不能低调点？”

我问：“你想让我怎么低调？”

坤叔送的墨镜是普通遮阳镜片，对于我来说只适合于摆拍，或者在阳光明媚的时候戴，根本不适合走在马路上要帅，如果躲闪不及，容易被开飞车的撞死。好在今天阳光明媚，要是阴天，戴上墨镜，也就只能走盲道了。

我跟老三说，今天天气特别好，坤叔有可能在索菲亚教堂拍照片，也有可能在江边拍照片，但愿千万不要碰见他。

老三问：“为什么？”

我说：“不为什么。”

“你干什么见不得人的事了？”老三表现得有点无理，挑衅我。

我反问道：“我能干什么见不得人的事情？”

老三不依不饶：“那你为什么怕碰到坤叔？”

我没有再理会老三。

我们从通江路一路走到中央大街，准备走江堤。还没走到防洪纪念塔，我和老三就在语言上发生冲突，争执急速升级。不变的依然是给我感觉——莫名其妙。

自从对着索菲亚教堂各种角度拍了无数张照片后，老三依然在探索摄影风格的茫茫长路中，一路狂奔。她开始喜欢拍人像。当然，我很排斥当她的“模特儿”。因为看了她给我拍的照片，我往往会产生对人生的质疑。到底是她表情没抓好？还是我长错了？！

这时，老三开口问我：“你是什么星座？”

“天蝎。”

“不可能吧？你怎么可能会是天蝎？几月份的？”

“十一月。”

“我觉得天蝎不应该是你这种性格。”

“……”我无语了。

"你不屑跟人聊天。但你在我面前，我就能洞察你，你信不信？"

我隔着墨镜看了老三一眼。

"你说你怎么就那么擅长装犊子？"老三急了。

"行了，咱俩有些话题说不着。"我有些不耐烦了。

"你就是装犊子！"老三有些气急败坏。

"你说是就是吧。不过我劝你从现在开始，学会管住你那张嘴，别什么都要发表一通意见。"我警告她。

老三顿时表现出咄咄逼人的气势，说了一些攻击性的话，我感觉有些意外。不过，我决定一心一意地压马路，专心致志地想念我的朋友。

突如其来的矛盾看似很快就过去了。我们穿过防洪纪念塔，只见小规模的小吃摊周围弥漫着煎炸摊烤的滚滚浓烟，空气中弥漫着铁板鱿鱼那种独特的难以忍受的腥味。

我和老三沿着江边走了大约200米。一场规模庞大的老年广场舞将江边衬托得尤其"春风拂面"。清一色的棉布白手套和统一的黑口罩显得特别怪异。让人感觉更怪异的是，那些人将双手垂直于胸前，踩着节拍转圈。

当地人称这类舞种叫"僵尸舞"。

当然，广场舞的舞种不仅仅局限于这类适宜老年人的"僵尸舞"，也有东北本地的二人转舞步。休息片刻，音响里再次响起曲子，新一轮的坝坝舞拉开序幕。音乐节奏感很强，骤然引来了不少年轻人加入队伍，热闹非凡。一对路过的情侣跃跃欲试。男的对女的说："媳妇儿，来一段儿呗。"

跃跃欲试的，还有老三。我靠在一棵树干上，老三从另一头飞奔过来，迅速把包和相机塞给我："我跳的时候，你要给我拍照噢。"

马路压到江边就再也压不动了，因为比压马路更有趣又更能减肥的，是跟着一大堆老年人跳"僵尸舞"。我和老三终于找到了一种转移无聊情绪的消遣方式——她跳，我看她跳。

一下午的时间流逝得很快，东北的春天，夜幕降临得并不缓慢，入夜的江风很凛冽。我和老三打道回“幼稚园”，准备商量各自的行程计划。可是，下午老三的那一顿语言挑衅，依然压在我心里。

我决定请她吃一顿消夜。

老三似乎已经忘记了下午的不愉快。她显得很放松，很开心。老三的性格在这点上完全弥补了喜欢表态给人的不安全感，那就是不记仇。

晚上，回到通江路，我跟着显得兴致盎然的老三逛夜宵摊。

我指着马路对面的烧烤店，跟老三说：“走，请你吃烧烤。”

烧烤店很小，一种典型的地下室格局，从马路边要下一段台阶，才能通到小店里。这种房子在东北很常见，要么是下阶梯，要么是上阶梯。烧烤店客人不算多，挺干净。我俩选择了一个比较安静的房间，旁边只有两桌客人，那些人瓮声瓮气地聊着天。

和老三碰了一杯啤酒，我盯着她，面无表情地压低声音问：“你知道我为什么不愿意碰见坤叔吗？”似乎我突然的满脸不悦和一成不变的语调让老三哑然无语，她甚至有些害怕。我说：“坤叔知道我们那天的火车离开哈尔滨，给我们买了在火车上吃的，算是送行了，我们这又倒回来。倒回来可以，要么提前给他说一声，老老实实说我们为什么决定回来；要么就不要透露咱们又回来了。这是最起码的礼貌。你觉得呢？”我看着老三，接着说，“还有，以后你再挑衅我，你请我吃满汉全席，我都不会饶你。”老三听着，看上去有点难堪。我边说边找餐巾纸，余光扫了一圈，发现隔壁一桌一包。我努力压抑着不满，懒得去责怪餐馆没有给我们提供餐巾纸。

我“嗖”地起身，快步走到隔壁桌，以迅雷不及掩耳之势的语速和动作边说边扯纸巾：“用点你们的纸巾哈。”只听老三“嗨”了两声，我忽然觉得周围气氛不对，仿佛凝固了。我站在原地没动，所有用餐的人都以一种茫然的、略带愤怒的表情与我对视。我转过头看老三。老三赶紧说："这是人家花钱买的！"我顿时明白原来餐馆不提供免费的餐巾纸。

面对一屋子人莫名其妙的表情，我赶紧道歉："对不起，我以为这是餐馆免费提供的。我们那儿的所有用餐的地方都会免费提供。"

一屋子人瞬间释然了，表情由愤怒转为理解，哈哈大笑起来，有个男子说："你们用，这儿还有。"

我回到我们的餐桌。老三看着我，略带关心地嘲笑说："干什么呀你？"

"你为什么不早说，故意的吧你？"我埋怨道。

随即，隔壁桌那些人很友善地问了一堆对任何陌生人都特别感兴趣的话题——"你们那儿的？""到哈尔滨旅游呐？""吃锅包肉没？""准备玩儿多少天呐？""哈尔滨好玩儿吗？"

我和老三的冲突算是过去了，仿佛什么都没有发生。

回到"幼稚园"，我跟老三说："你去新疆吧。"

老三说："我先回北京，看完许巍演唱会就出发去新疆。"

我说我直接从哈尔滨回漠河，去北极村。这是目前的打算，我似乎真的无处可去。

老三立马帮我在网上查询开往漠河的列车次数，计算列车行驶时间，几点从哈尔滨出发，次日几点到达漠河，哪一趟车次方便从漠河坐大巴去北极村。

我独自去火车站买票。从火车站出来，下午四点半，我孤零零地站在一个鸟都不拉屎的天桥上，低头下看，一辆又一辆汽车急速地驶过。

我感觉迷路了，忍不住给老三打电话，如实相告："我把方向坐反了。"

老三显得很淡定："你是不是朝太阳岛那方向去了？你从相反的方向坐同一路公交车，再坐到终点站。"估计她知道我的智商还没低到把自己弄丢的下限上。

来回地辗转疲惫，我的心情跌落到谷底。从火车站买完票回到“幼稚园”，老三正在和几个新来的室友坐在床上聊天，深情地回顾她曾经在西藏的“峥嵘岁月”。百聊不厌。

小伙伴们

在新认识的小伙伴中，有一个名叫尤雅的女孩子，在一群人当中，她显得特别活泼，也特别能聊，一口略带湖南口音的普通话，表达时，情绪极具感染力。

老三聊完自己在西藏的故事，接着聊对武汉的认识。

终于等到老三停歇，尤雅开始聊她在西藏时的悲催往事。

“我在西藏认识了一个朋友，摩羯座。这个摩羯男有多！么！贱！我先不说。在认识摩羯男时，我听信了他的谗言。他告诉我，大昭寺逃票很好逃。在西藏晒得黑亮了，穿着不要太光鲜，检票的人会错看成是本地人，于是逃票基本上就成了。因为藏民去大昭寺是不要票的，是吧，好，我就去了。”尤雅酝酿了一下情绪，接着说，“我起了一个大早啊，紧跟着排在一个朝圣的藏民后面，我以为跟着他们也就过去了。可是，可是，眼看我都跨进大门了，跨进大门了啊，结果，被检票的大叔一把抓了回来。”

听到这里，我们“轰”的一阵大笑。

老三问：“那怎么办？”

尤雅声情并茂外加丰富的肢体语言：“我就只能装藏族人了，以一副誓死的姿态装到底。我就跟不知道似的，往前冲，一个劲儿地往前冲。我往前冲一下，大叔就提着我的衣领往门外拉一下，我再冲一下，大叔又拉一下，简直太默契了。”

这时，一堆人因为尤雅的描述，捧腹大笑。

“这是第一次听信摩羯男的丢人现眼的桥段。”尤雅说。

老三好奇地问：“接下来呢？”

尤雅继续说：“又一天，我和摩羯男约着一起去爬山。摩羯男像打了鸡血似的嗖嗖往上冲，我跟在后面拼命往上挪，气都快喘不过来了。摩羯男根本就没有要等我的意思。他站在半山腰，朝着下面喊：‘你快点呀！’我就拼了命地往上爬，休息10分钟，爬5分钟，休息20分钟，再爬5分钟。摩羯男早已爬到山顶坐着等我。半小时后，我气喘吁吁地爬到山头，你们猜怎么了？你们猜呀？摩羯男马上站起来，拍拍屁股，嬉皮笑脸地说了句：‘拜拜，我要下山了。’然后，他果真就piapiapia地往山下跑。我没办法，只好刚爬上来，又跟着往下跑。我的那种恨哪……”

我问尤雅：“然后呢？”

“直接把他拉进黑名单，这种人太贱了！”尤雅显得很愤怒。

尤雅讲完悲催的往事，老三转过头来问我票买了没，我说搞定了。

尤雅问我：“你要去哪儿？”

我说：“漠河。你们去哪儿？”

“延吉，”尤雅说，“延吉有很多美食，那儿的人都说韩语噢思密达，而且，那儿还有很多进口化妆品噢思密达，那个口岸城市完全就跟韩国没多大区别噢思密达。”

我看着尤雅，又问：“哈尔滨到延吉需要多长时间？噢思密达。”

老三接过话：“一夜火车就到，我刚查过。我也想去延吉，咱们一起去延吉？”

我掩饰不住隐忧，问：“我要去北极村，从延吉有没有直接去的列车？”

老三说：“好像没有。但是你可以从延吉去长春，然后从长春到漠河。这是最简单的路线。”

我想了想，问老三：“这一趟趟的，要多少个小时？”

老三望着电脑屏幕，说：“延吉到长春36个小时，长春到漠河，也是30多个小时。”

我叹了口气：“我勒个去！”

老三逼着我问：“你去不去延吉？”

尤雅鼓动说：“一起嘛，一起去延吉玩儿。”

我问：“几个人去延吉？”

尤雅说：“我和我姐姐，你和三姐，四个人。”

我指着刚才一直在边儿上笑得气喘的女孩子，问尤雅：“亲姐姐？”

尤雅说：“亲的。但不像吧？我姐姐叫尤葶。”

尤雅与尤葶性格差异特大。

我有些羡慕地说：“真好，你俩还能一块儿出来玩儿。”

尤葶终于说话了：“她成天乱跑，我爸爸让我劝劝她，结果她把我策反了。”

我忍不住笑了：“剧情逆转。”

老三再次问我：“你到底去不去延吉？去的话，我们去车站顺便帮你退票，然后一起买去延吉的车票。”

我想了下，点头说：“去。”

晚饭后，在迷蒙的夜色中，城市华灯初上。

尤雅和尤葶折腾着走廊里那台可怜的风琴，不亦乐乎。我走过去，尤雅拉住我说：“你住的阁楼今下午又有俩人入住了。”我说“噢”。尤葶显然没有她妹妹那么能折腾，她停下来边跟着我进了房间边说：“有一个是你们成都人。”我又“噢”了一声，顺势坐在沙发上。阁楼上有人在聊天。听见一个人操着川普对另一个人说：“小妹妹，你是一个人出来旅游的哇？”二人像是边下阁楼边聊天，那个“小妹妹”说“是”。川普接着说：“哎呀，你脚不脚得（觉不觉得），一个人粗（出）来旅游，也太难要了喃？”川普走下阁楼，一手扶着扶梯，一手抱着洗漱用品，看上去有40多岁。尤葶指着我对川普说：“她也是成都来的。”我烦懑地瞪了尤葶一眼。川普又把刚才在楼上的问题重复了一遍，问我：“你是一个人出来的哇？”我“嗯”了一下。她说：“哎呀，一个人旅游，挺好，挺好，不错。”她明明刚才在阁楼上才对别人表示过“一个人旅游不好耍”。

楼上的那个“妹妹”叫欢欢，当我回到阁楼上，她大方主动地和我打了个招呼。欢欢是湖南人。她做了自我介绍，继续埋头趴在床沿上写着什么，手机放着古曲。

我凑上去，问：“你这放的是啥曲子？”

“《胡琴十八拍》，”欢欢说，“《胡琴十八拍》是调节肝脏的。”

我坐回床边，看着她。她又说：“《阳春白雪》是调节肺的。”稍许，她激动地换了一首曲子，说是调节情绪的。但她没有说这曲子叫什么名字。

我在阁楼上坐了一会儿，下楼到大厅看新闻，关于雅安震后的报道。不多会儿，川普像幽灵一样闪现在大厅里，向电视机款款走来，一屁股坐在我旁边的沙发上。她扯出一张毛巾，歪着脖子擦头发。她显得很自来熟，依然操着一口川普，像是在跟我说话，又像是在自言自语：“哎呀，你看我们四川这几年生到底是咋个回事噢，隔三岔五地地震，先喃，是汶川摇那么一哈，摇得我现在都还有后遗症，只要哪个坐在我边边上抖脚，就是那种‘男抖穷、女抖贱’的那种抖法，你晓得撒，我会感觉是不是地震来了噢。”她边说边示范性地抖着腿，“你看，现在雅安又地震了，还一哈子震得这么凶，哎呀你看死了好多人。造孽噢。”

川普的嗓门儿很大，喜欢在开场白前加个“哎呀”。她每“哎呀”一声，就会引起周围人的侧目观望。我委婉地提醒她：“你说话能不能小声点？”川普说：“妹儿，你一个人来的哈尔滨哇？你是出差还是旅游喃？”声音依然很大。

我有些控制不住厌烦的情绪，说：“你说话能不能小声点？！”

第二天起床，发现房间里只有欢欢，她趴在床沿上，在埋头写着什么，这让我感觉有点穿越。欢欢主动说那个阿姨一大早退房了。我说谢天谢地。

我明白她说的是川普。

“你知不知道孕妇吃了菠萝就会流产？”欢欢的话题让我感觉跨度有点大，昨晚上才跟我普及了调理，难倒今天要给我普及孕期禁忌？我望着她，表示没有听懂。

欢欢又问：“就是两个月的孕妇，是不是不能吃菠萝？”

我说：“好像没听说过。”

欢欢说：“我跟我一个同事合租，她怀孕了，准备生小孩儿。有一天，我给她吃了一块儿菠萝，就发生了流产先兆，吓得我赶紧把她送到医院，赶紧给她先生打电话。你说是不是孕妇不能吃菠萝？”

我裹着被子，窝在床头：“你百度一下没有？”

欢欢说：“百度了。还有吃柿子流产的。你说这是不是属于个人体质问题？”

我说：“应该是吧，我也不懂。你那个同事最后怎么样了？”

“不知道，第二天我就从公司辞职走了，到现在我都不敢给她打电话。”欢欢显得有些愧疚。

从欢欢的聊天得知，她出来有两个月了。一个城市一个城市地跑。我问欢欢下一个城市去哪儿。她说先去梅河口，接着去延吉。还没等到我主动问“梅河口在哪儿”，只见她从包里“嗖”地扯出一张硕大的《中华人民共和国地图》，放在床上铺开，低头在地图上找了一下，然后抬起头指给我看：“你看，这就是梅河口。”

我说：“我和老三，还有你那俩老乡也要去延吉。”

欢欢说我们延吉见吧。我说可以。

老三和尤雅两姊妹商量后，决定明日就去延吉。

在剩下的时间里，我和老三先去书店，再去商场捕捉时尚。当然，光看不买。

走在路上，我跟老三说，哈尔滨的春天跟所有地方的春天一样，绿野四合，随处迸发出春天特有的蓬勃和生机。我觉得我的抒情一定会引起老三这个总是在文艺的道路上顶着胎风神雨、匍匐前进的女青年的共鸣。可是，她只对我说了两个字——废话。

“你怎么这么没情怀？”我不满地看着她。

老三说：“到边儿上矫情去。”

今天是国际读书日，中央商城的不远处拉了很长一条横幅，其内容为：一是普及4月23日是国际读书日；二是广而告之某一类书籍在这一天的打折促销活动正在进行中。

人行道边上一排排的花车上堆满了书籍。我和老三在花车里扒拉了半天，发现儿童启蒙读物和唐诗宋词注释的小册子占了绝大多数。其中不乏各种公务员考试手册，初中高级考试练习卷。围看的人中，小孩子居多。掏钱购书的人寥寥无几。

我跟着老三，走开了。

不远处的马迭尔面包店，似乎永远都有排不完的队。

在中央大街的一家书店里，我终于买到了之前在齐齐哈尔的新华书店找翻天可连根毛都没找见的书——《六便士之家》。

带着目的性逛书店，逛出了一肚子失望，我们接下来用逛商场捕捉时尚来弥补这种遗憾。走进商场一楼，我扫视一下周围，对老三说：“这个商场和全国的商场一样，人多。”我以为老三会夸我独到的眼光并随送一句“聪明！”给我。可是她又只对我说了两个字——废话。

捕捉时尚，其实只能算个借口，无非就是四处晃荡，打发时间。从商场里出来的“战绩”，是一口袋明天在火车上的吃的和喝的。

我们站在街上，看着熙熙攘攘的人群，就那么看着，突然，莫名地感到有些无助。天空又刮起了大风，我捂了捂衣领，对老三说：“我们回去吧。”

从北极村回到哈尔滨，春天的松花江即将解冻。

老三在哈尔滨。

延 吉

爬帽儿山

坐了一夜火车，到了延吉，安顿好后，我只想好好睡一觉。睡前，我告诉老三，只要是饭点，不管我睡多沉，一定要用任何方法把我弄醒。若要在老三爱好挑衅我的这个问题上给她下个定义，那么就是她除了怕狗，其他的全都所向披靡。而我，要是错过了吃饭，忍无可忍。

从延吉的第一顿晚饭开始，老三就启动了那种拼不了爹就晒妈的循环模式。她不断循环跟大伙儿提到她妈妈做饭特别好吃，随之眼睛放光，表情充满自信。我想了一下，在厨艺方面能让我此刻与老三傲娇表情抗衡出火花的，就是我舅妈和我大舅。可惜，他们都死了。我低着头，尚未从一夜火车的疲惫里缓过神来，只是机械地用勺子搅着下巴底下的那份石锅拌饭。因为老三的话题，我突然有些想念我舅妈和我大舅，这让我感觉更累，随之大脑和小脑同时处于基本瘫痪的状态，在一锅拌饭前，我无从下口。老三转过头来，看了我一眼，边把我的那份拌饭拖到她面前，边说“我帮你拌”，口气毋庸置疑。老三这个举动使我以为她会换一个话题，可事实是她帮我搅着饭，依然滔滔不绝地描述她妈妈的厨艺水平。拌完饭，她连看都没看我一眼，又把碗推到我面前，说：“快吃饭。”

一桌子美食，突然因为思念，此刻味同嚼蜡。

华灯初上，晚餐结束了。我和老三懒散地走在车流如梭的大街上，你一句我一句地讨论着这座城市的格局和经济。当然，并没有讨论出什么结果来。老三一句“格局很洋气，经济很发达”的总结性言论完全破坏了我赋予这座城市的“神秘气质”的想象。

尤雅问老三：“你怎么知道？”

老三答：“了解一个城市的经济，看银行多不多就知道了。”

至于格局，她没有说。

事实确实如老三所说——我们看到的银行，比公共厕所还多。

这座口岸城市，尤雅也觉得“很洋气”。我们大家都这么认为，不过好像“认为”的并不在同一个点上。尤雅认为韩国泡菜很洋气，当地语言很洋气——她认为，这是韩国话。

我对尤雅说：“就是口音很不洋气。”

尤雅尤其感兴趣的是那满大街便利店里的饭团。于是，这一顿饭过后，尤雅迎来了她一天吃八顿饭团都不嫌多的快乐日子。

又一个冗长深沉的懒觉后，于我而言，这一天才算真正拉开了序幕。尤雅、尤葶两姐妹很开心地跟着老三从水上市场回来了。延吉有名的水上市场，早市从凌晨四点半开始，到早上七点结束。据她们的描述，早市其实也没什么可逛的。尤雅特别喜欢泡菜，朝鲜族特色泡菜，还有米血肠。但我并没有看到她们带回来一样特色的东西，跟着她们一起回来的，只是几大包零食。

我问：“你们五点起床就是去赶早市买零食？”

尤雅说：“不，我们是去早市看别人批发泡菜的。”

我坐在床上，垂着脑袋：“嗯，果然很洋气。”

午后，我们坐公交车去市区郊外的帽儿山。延吉的交通很方便，这也是我们愿意出门的原因。尤雅和尤葶显得特别开心。不过话说回来，她俩好像就没有不开心的时候。我跟在她们身后，默不作声。不说话，让我感觉安心，让我感到欣慰。我沉默时，老三时不时看我一眼。起初，这让我感到莫名其妙。

尤雅凑过来问我：“你是不是感觉跟我们在一起不好玩？”

我被尤雅的问题搞得瞬间石化，气氛有点凝重。尤雅看着我，等着我的回答。我内心其实很想迫切地表达，人一多，我只是习惯性选择不说话，我真的没有不开心。

我看着尤雅，说：“我很开心！”

这时，我下意识地转身，发现老三在看着我，我又赶紧解释：“我真的很开心，我只是不擅于表达。”我经常习惯性词穷。在语言沟通和表达方面，如果按照缺点来衡量，我觉得我这属于缺陷。

下午登帽儿山的活动是愉快的，这种愉快也来自于我有意识地去跟人说话，否则，整个气氛一定是只有沉闷。虽然我一直认为，说话很累。尤雅总是很活跃，她的感染力巨强，她能让所有人感到一份快乐的存在。在性格的这点上，她和她姐姐尤葶截然相反。从某种角度来说，我是幸运的，因为有人跟我一样闷。这不孤单。

从刚到延吉开始，我们就心安理得地接受着老三做攻略计划的每日的美食安排，可以说，没事去爬帽儿山之类的活动，权当消食，也当减肥。

在这个北方城市寒风凛凛的夜晚，万能的老三要带我们去洗浴中心。我们开心地响应老三的提议，出门，去洗浴中心消遣青春。但是去哪家洗浴中心，让老三很纠结。我们只有跟着老三纠结。这完全成了当下摆在我们眼前的一个现实焦虑。尤雅随即问了个路人。那人看上去应该是当地人，面对我们的“现实焦虑”，他显得很热情，帮我们拦了辆出租车。当我们钻进出租车后，他俯身跟的士司机说：“银浦，新开的那家。”于是，我们的那个“现实焦虑”便迎刃而解了。

到了目的地，出租车开走后，老三感慨地说：“你们看，口岸城市人的素质明显高于内地人的素质。”

这种“吃喝拉撒睡”外加“洗浴”模式一旦开启，让人感觉时间过得并非那么慢。在尤雅和尤葶离开延吉赶回北京之前，我随即表示把再去北极村的计划提上议程。我必须要提前重新计划已经被打乱的行程。之前说好要在延吉和欢欢碰面，所以行程必须往后推。

利用尤雅和尤葶在延吉最后一天的时间，我们起了个大早，赶班车去图们转转。

图　们

一早出门，开始下雨，有些阴冷。到了车站，我们几乎被淋成了落水狗。买了车票，找到车次，雨终于停了。几个人狼狈不堪地坐在车上整理各自的东西。在大家合伙计划去图们之前，我对图们这个城市没有任何概念，甚至不知道图们这个地方的存在。老三给我扫盲，她说图们也算旅游城市。在图们，跨过一条河，就是朝鲜边境。那条河叫图们江，现为我国和朝鲜的界河。如果往图们江下游走远点，就到了珲春。珲春是中国、俄罗斯和朝鲜三国交界的边境窗口城市。老三说既然走到延吉了，就应该去图们看看。由于疲于颠簸，还担心时间上来不及，最后只选择了游览图们江。

抵达图们江。我们闲散地走在街上。没有选择打车，因为离午饭时间尚早，我们要一路走到国界线。这一路，一如既往的，她们在前面走着，我沉默地跟着她们走。走到一座广场边，穿过广场，顺着一条江走，就到了中朝边界。在江边国门的电网上，挂着一张又一张“不许喊话”的告示。人来人往的江边，更多的是散步的当地人，他们显得很悠闲，很淡泊。眺望对面，看上去毫无生机的村庄被裹在灰蒙蒙的广袤延绵的大山之中。

沿着江边的一段土路慢慢地往前走，我们来到了国门。国门旁边有几处被固定作为游客照相留念的地方，而其他地方不允许随意照相。作为当地人谋生的手段，除了给游客拍照和兜售纪念品，还在离照相的地方不远处架了几台高倍望远镜对着江对面的村庄。游客使用望远镜往对面村庄看一次，三块钱。老板见我们走过去，似乎发现我们有人对望远镜颇有兴趣，便拼命地游说只需花三块钱，就可以看到“异国风情”。我认为这并没有什么可看的。老三尤其坚定地表示，倒给她三块钱，她也不看。

我们很快离开了这里，想赶紧去找地方吃饭。沿着江边来路往回走，再次来到我们穿过的那个广场。午后的图们江广场热闹起来，一派歌舞升平景象。这副场景与江对面形成对比。我转过身，眺望着江对面荒凉沉寂的群山，不禁叹了口气。老三转过头，问我又在发什么神经。我很认真地对老三说，我感觉好忧伤。老三把她身上的相机和包取下来塞给我，她要去找卫生间解决内急，让我帮她看管东西，一再嘱咐我东西千万不要离手。我抱着她那一大包行头坐在台阶上，茫然地望着广场上高歌载舞的人们。过了一会儿，老三带着尤雅和尤葶折回广场。

老三指着我对尤葶俩姐们说：“你们看，她精神病又犯了。”

我无力地站起来，回击老三：“哎哟你这个人咋个回事哟，老攻击别个。你不懂，我这是在黯然神伤，怅然若失。”

老三从我怀里拿过东西，看都没看我一眼，说：“还是那句话，你心里装了太多东西。”

尤雅和尤葶莫名其妙地看看我，又看看老三。

老三老说我有精神病。我说老三脑壳有包（四川话，脑子坏掉了的意思）。一路上，她时常看我不顺眼，我看她也不顺眼。她攻击我精神病，我反击她脑壳有包，这属于矛盾还能调节的状态，扯平了。当我俩的矛盾到了不可调和的时候，用不着在口头上争个尺长寸短，直接进入沉默状态，来抗衡对方。好在这种状态下我和老三还能主动想去打破。

我们都明白，如果一旦僵持到任何一方离开了这个城市，以后我们很可能连朋友都做不成了。

在图们吃完简单的午餐，我们赶到车站，返回延吉。

再见，老三

第二天，送走了尤雅和尤葶后，我在延吉大学门口等来了那个在哈尔滨卡兹国际青年旅舍的阁楼上住我隔壁铺的欢欢。见到欢欢时，她没有一只手是空着的，显得风尘仆仆，像是来走亲戚的。

接上欢欢回到旅馆，我们聊了些关于接下来的计划。我告诉老三和欢欢，我明天离开延吉，去漠河。老三帮我查询火车票，建议我先从延吉坐火车到长春，再从长春去漠河，但是都没有卧铺，只有硬座。我听了很想哭一场，特别想，但我控制住了。转念一想，这么大个人了，动不动哭一场，很丢人。我突然想放弃所有的计划，萌生的唯一念头——回家，回到我那遥远的成都，在这个季节早已柳荫浓绿的成都，我的家。东北大地在这个季节总让我感觉远方遥远，又荒凉。我习惯性地在去哪里这个问题上悬而未定。

老三问我到底先去哪儿。我说，长春。

吃完晚饭，按照惯例，老三泡洗浴中心的时间到了。老三自从开始用这种方式打发她晚饭后的消遣时光后，几乎每晚如此。她要拉着我一起带欢欢去洗浴中心。老三告诉我和欢欢，在我们三人分别后，她将住进洗浴中心。

我诧异地盯着老三，问：“那里没有床，你怎么睡觉？行李搁哪儿？吃饭怎么办？”

其实，我忽略了老三的漂泊能力。这类问题在我这儿才算得上是问题，在老三那儿，她那种除了怕狗基本所向披靡的作风和彪悍，使得所有问题都不算什么问题。

洗浴中心在价格上相对旅馆而言，39元的最低消费具有很大的优势。除了没床。这也是老三决定接下来一个人待在洗浴中心的最大原因。老三说，她必须节约，她想要走得更远。我看了她一眼，说："你这是要准备飞出地球了？"

老三没有再说话。

几分钟的集体沉默后，我们走到旅馆门口。

我突然对老三和欢欢说："你们去吧，我很累，想回房间休息。"

老三说："一起去吧。"

我执意地说："不。"

欢欢说："姐，我们一起去玩。"

我没有再理会她俩，转身，走上旅馆台阶，幽幽地说了句"我懒得去"，头也懒得回。老三和欢欢转身跟着我往回走。三人前前后后上楼。我走进房间，老三站在房门口驻足，用鄙视的口吻问："你到底去不去？"问题就出在她那一口鄙视的腔调上，与以往不同的是，这次的鄙视竟然在有一个围观者的情况下，就成了赤裸裸的攻击和挑衅。

我终于忍不住朝着她大吼："你他妈神经又脱轨啦？我有药！"

老三没有反击，她看我坐在床边，没有再说一句话。我垂着眼睑，看着站在门口的两个人，感觉十分缥缈。

稍许，老三说："我最近算是发现了，我感觉你心里的秘密真多。"

我再次朝着老三近乎怒吼："送你四个字——关！你！屁！事！"

经过一阵情绪化的对峙，最终我还是同意一起去洗浴中心。

我们三人躺在桑拿室，有一搭没一搭地聊天。我告诉老三，我明天坐火车去长春，你自己多保重。老三说，她还想在延吉待一个星期，再回北京，在北京听完许巍的演唱会就出发去新疆。我们说着各自的行程安排。各自珍重。

我们并排躺在地上，桑拿室的灯光显得很昏暗。欢欢在高温下不断地翻身，表现出莫大的烦躁。我转过头看着老三，她闭着眼，掩饰不住满脸的疲惫。

这时，老三喃喃自语般地念叨起她的远方："我想我的远方，接下来，应该从新疆这一趟就开始了我的远行。我不知道自己能走多远。"

"老二，你的远方在哪里？"老三依然闭着眼。

我把目光从老三脸上移开，望着另一处墙角的照灯，仿佛孤独在影影绰绰下被放得更大。我若有所思地回答她："我不知道远方有多远。我好像并没有真正意义上的远方。"

欢欢不耐烦地蹭起身，垂头坐在地上，脖子和额头全是沁出的汗珠。她看上去并不明白我和老三的对话。比如——远方。我和老三的对话反而显得有些嘈杂，这让她在高温下显得异常焦躁。

就这样躺着，静默了很长时间，仿佛时间的流淌也变得那么缓慢，缓慢得有一丝悲伤。我想起我们一起憧憬过火车带给我们的快乐，相信彼此不会产生任何负面的情绪，想起那些期望中的快乐却因为分歧慢慢变成争执，变成相互对抗，变成一次次对于对方不可饶恕的失望。时间又那么突然地停止了，停止在这个雾气袅绕让人窒息的空间，停止在我们各自的思绪中。只有让时间停下来，我们才能将各自的焦躁、悲伤与不安抚平。

我们依然这样躺着。我感到老三的声音变得很缥缈，很遥远，漫不经心，又像是在喟然长叹。她把头转了个方向，幽幽地说："我这一步踏出去，就真不知道自己的路在哪儿了。可不出去走走，我更不知道自己的路在哪儿。"

老三抹了把脸，像是在抹去她心中的泪。

从洗浴中心出来，城市灯影稀疏，我们冒着夜风而行。在熹微的月色下，四周的庞然建筑变得朦胧交错。

或许是情绪太多的原因，我这一夜的睡眠变得浅促。

天亮了。上午，我被老三的一阵敲门声惊醒，爬起来开门。老三提着一包水果走进房间。她倚靠在写字台上看着我忙乱无章地换衣，洗漱，收拾背包。她的表情时而忧伤，时而幸灾乐祸。我问老三，我是几点的火车，老三说下午一点半，明晚就能到长春。我边忙乱地收拾背包，边听老三有一句没一句地说话。

就在那么一瞬间，我觉得自己无处可去。

老三带着欢欢送我去火车站。延吉的火车站，里里外外一片冷冷清清。倒是天气，一扫往日的阴冷，变得万里无云。车站边的小吃店，因为旅客稀少显得冷清。吃完冷面，我们走向车站大厅。老三说我们合个影吧。这是她第一次提出合影。老三拉住一个路人，恳请她为我们拍两张合影。我们仨，站成一排，随着"咔"的一声，我们共同的旅程，就这么结束了。有遗憾，有忧伤，还有各自的愧疚，这一切，难以抑制地流露在我和老三的脸上。我们流露出来的那些伤感很快被各自对更遥远的路的期待，对更伟大的远方的憧憬和兴奋所替代了。

车站大厅的人并不多，在检票口开放的那一刻，所有的人哗啦地朝检票口涌去。我顺势站起来，老三帮我把背包提上肩，将一口袋水果递给我。她的表情随着急迫地涌向检票口又涌向站台的人潮蓦然凝固。我和老三四目对视。在那一刻，我突然明白，远方，来自不同的路途，这是分道扬镳的伟大。在对视的瞬间，我们彼此流露出惜别的满腹愁绪和想要说出口的千言万语。我和老三被裹挟在杂沓的人群中，艰难地拥抱了一下。老三说"好好儿的"。我也说"好好儿的"。很平静。这句总被我们道别时使用的“好好儿的”，是从拉萨开始的。当年，在跟小伙伴们一场又一场的离别时，我们用“好好儿的”将千言万语化作最后的叮嘱。很快的，我和老三被移动着的人群分开。我艰难地转过头，朝着老三带着欢欢转身离开的方向嚎了一嗓子——珍重！

火车再一次把我带走了，也终将把老三带离这座城市。我有自己的路要走。老三也要走更远的路。各自的“远方”使我们再次明白，分道扬镳的伟大。

火车将带着我去一个陌生却在概念里又并不遥远的地方——长春。

这座城市的名字，听上去很美。

远眺延吉市。

延吉，帽儿山。

中国图们边境。

图们江边，第87号中国界碑。

图们江，中国与朝鲜的界河。

长　春

火车汽笛频繁地萦绕在昏暗的城市边缘上空，随着滚动的车轮最后一声嘶哑无力的“嘎吱”声和后坐力，索然寡味的一天一夜，终于结束了。

车厢里所有的人似乎都长舒了一口气，疲倦地站起来收拾各自的行李。可陌生黑暗的环境瞬间使周遭充满了一片疑问和不安。有人问这是长春哪个站。列车员没有回答，或许他懒得回答。在焦躁疑惑的氛围里，列车员看到人们迟疑地似走非走，猛然扯起嗓子，带着更加焦躁的口吻吼道：“下车了，到站了啊！”

这让我感觉特别不安。

我背着背包，跟着一群人走下很陡很长的台阶。黑灯瞎火的四周，零星有几辆出租车，剩下的，全是见缝插针停在路边的运渣车和各种工程设备。一遍遍的疑问声随着人群的散去，变得越来越缥缈，越来越无力。没人回答所有存在疑问的人。

我站在台阶下的路边，疲惫和烦躁撕扯着我的神经。虚无地瞭望着远处并不明显的灯光，我迫切地想离开这个车站，更迫切地希望有一辆出租车出现，或者搭上最后一班公交车，带我去预订的酒店。

只身穿过马路，我走向停在路边的最后一辆出租车。可是，我晚了一步。那辆出租车载着最后几名男男女女，绝尘而去。

周遭复归沉寂。四周不时地刮起阵阵夜风，被刮起的尘土肆意地扑向我。这时候，我仿佛感觉自己就像讨口似的，终于讨到了长春。

我在“缕缕凄风”中自爱自怜地慢慢地朝着判断的方向走，不断祈祷这条主道就是进城的路。因为城市建设，道路两边被蓝色铝皮拦了起来，车道被停靠的运渣车占去一大半。我小心翼翼地走在机动车道的最边缘。不时有大型运输车驶过，野蛮地刮起一阵灰尘。尘遮雾障中，我艰难地走走停停。我感慨着人生啊，怎么就这么艰难。

好在，刚感慨完人生的艰难，一辆出租车停在旁边。

司机从驾驶室探出头来，朝我问道：“去哪儿啊？”

我说：“民康路。”

他说：“顺道儿，走吧。”

我钻进车里。车上除了我，副驾上还坐了一个年轻人。我后来发现，长春的出租车，乘客是可以拼车的。

司机是那种典型的很健谈的人。他问我刚才埋头赶路在想什么。

“思考人生。”我开玩笑地回答他。

他笑了两声：“思考出啥结果没有？”

“人生很艰难呀。”我也笑了笑，带着一丝自嘲，接着问他，“你东北人吧？”

“我是长得像东北人，还是口音像东北人？”他反问我。

我把帽檐往下拉了一下，没有理会他，干脆斜靠着后座，佯装闭目养神。他停止了有些令人反感的热情盘问。

出租车七弯八拐地驶进市区，路过一个拐弯口，左右夹击的车流卷起了呛人的灰尘。

我关上车窗，像是漫不经心，又像是一股悲凉在漫沁：“这飞沙走石的，太壮观了。”

司机一阵大笑。我以为他不会注意听我自言自语的情绪发泄。他边笑边在换挡空隙间伸出右手食指，前后晃动地那么指着，带着像领导训话般的口吻说：“哎呀，这词儿用的，飞沙走石，哈哈哈哈，我每天拉那么多客人，从来没人这么形容过长春的街道。”他说完，把手收回去放在挡杆上。我没有接他的话。司机兀自笑着。

过了片刻，我问他：“这儿离民康路还有多远？”

“我先送这位兄弟，再把你拉到民康路。”他接着问，“你来长春旅游？第一次来？”

我说：“嗯。算是吧。”

我立即后悔这句脱口而出的“算是吧”，会就此撩拨起他那根迫切想与人交流的神经，并且有脱轨的迹象。

出租车停在一片小区楼下。年轻人下车后，车里只剩下我一个乘客，随着司机的问题越来越多，我不得不时不时地跟他说上两句。他告诉我，他姓王，如果在长春停留需要用车的时候，可以给他打电话，给我优惠价。他边开车，边拿出一沓名片，抽出一张递给我。手写名片，上面除了电话、姓名，还标注有业务范围。我拿着名片看了下，上面的字体很漂亮，饶有兴趣地问：“王师傅，平时生意好不好？”

“还行，不过老有人说现在车不好跑，可我觉着吧，还可以。这得看怎么跑。”

“看您开车也是老司机了吧。”

“我原来在大众开试验车，工资低，可是好玩。现在收入不错，但没自由了。有首歌唱得好，有钱的时候没时间，有时间的时候没钱。”他笑了笑，问我，“你是南方人吧？”

我说：“四川人。”

“四川我去过，还是开试验车的时候去的。”他告诉我，他去过雅安，去过康定，开试验车，山路平路都要走。在四川主要是走山道。

“感觉怎么样？”我问。

他说：“从此我对大众车情有独钟。”

王师傅开始热情地给我推荐长春好吃的。我表示东北地区的小鸡炖蘑菇和炖鱼好吃。可王师傅认为，东北大米最好吃。

我问他：“你不是要给我推荐长春的特色菜吗？”

我说的是特色菜，可他说的是全国人民都知道的大米。这个话题终究没有聊起来。车至民康路，街上很冷清。我心里庆幸，终于结束了这忧伤得此起彼伏的一天一夜。

到达长春的次日是个大晴天。经过一夜昏聩的睡眠，我起床后已经是中午。我决定带着一份悠闲出去逛街。

先沿着民康路走，走到滚石广场，四周都是被挖断待铺的路面。我在广场门口徘徊稍许，掉头回到民康路。我忽然想回酒店大厅，在火车票代售点搞定长春去漠河的火车票后，再出门去参观伪满皇宫博物院。

折回酒店，我买好火车票，顺便问工作人员伪满皇宫博物院有多远。她热情地告诉我，不远，打车起步价就到。

我开心地再次走上民康路，招手叫了一辆出租车，开始进行“大长春一日游”。

出租车驶出不远，遭遇堵车，司机带着一副深沉的表情，幽幽地问道：“哪儿的啊？来长春旅游啊？”

我也带着幽幽的腔调：“外地人来旅游，打车，你给打五折啊？”

司机没有理我，边见缝插针地开着车，边焦躁地挺着脖子往前看。我不再说话，但并非不想跟对方说话，只是堵车堵得根本没有说话的心情。过了一阵，他再次开口找话题，当然无非就是“第一次来长春？”“老家哪儿的？”等询问。还未等我一一回答，他仍旧带着那种幽幽的腔调不紧不慢地问：“你们四川又地震了吧？”我特别不愿意把地震当话题聊，特别是他的话中加了个“又”字。我想，只有经历过灾难的人，才知道什么叫灾难带来的悲恸吧。

车至博物院，付钱，下车。博物院没多少散客，更多的是旅游团。买门票，80元一张。我想租一个自助讲解器，摸遍裤兜，才发现没带钱包。我不甘心地继续搜刮上衣口袋，只摸出可怜的5块钱和一张身份证，还有那张去漠河的车票。

我走进博物院，闲逛一通，耳边除了振聋发聩的嘻哈交谈声和导游咆哮式的讲解声，还有特殊背景赋予这座伪满皇宫的来自历史的沉重回响，都化作了各种充满悲剧性的字眼，在眼前盘旋。

一个导游指着溥仪充当伪满傀儡皇帝登基时的正殿说：“来，大家这边看，现如今只有这张地毯是真的，这个呀，是真正当年爱新觉罗·溥仪登基时用过的。”于是，一堆脑袋顺着导游指的方向张望，其中一个中年妇女半开玩笑半埋怨地说：“花了几十块的门票，就看了一张地毯。”众人大笑不止。

一大拨人跟着导游慢慢地往外挪动步子，勤民楼的走廊上渐渐挤满了游客。那导游边比画边介绍：“勤民楼有颗杏树……”随即几十个脑袋又齐刷刷地顺着导游手指的方向转向勤民楼院里的那棵枝繁叶茂得根本看不出来是什么品种的大树。

导游继续介绍：“大家看这整栋楼的格局，是不是都是四合楼围起来的呀？话说，这棵树啊，就代表着溥仪当年被困。你们看这棵树是不是高出了院墙了啊？这个呀，就代表皇后婉容，什么呀？红杏出墙。最后，这棵杏树啊，还不结果，也就代表着溥仪没有后人。”这时我实在忍不住了，“噗”地笑出声，自言自语道：“这不是误人嘛。”旁边一老太太摇了摇头：“胡说八道呀！”

我悻悻地绕出同德殿。

天气转阴，四周显得有些空旷，随后刮起了一阵风，刮起了一片沉寂。

出了伪满皇宫博物院，我不得不放弃打车回酒店，而改为走路，以便边走边找顺道公交车。这时，我发现之前跟着老三晃荡了一大圈，让我在辨别方向上有了很大的长进。现在我似乎有了自信，朝着来时的大方向走，估计也错不了。

绕过一条又一条商铺林立的街道，我不断试着判别方向，又绕道一条正在改建却依然车水马龙、人潮汹汹的主干道。在过路口时，我总是被人推攘着，汽车的喇叭声令人焦躁。走了大约一个半小时，滚石广场那栋并不显眼的建筑在我眼前赫然出现。

我终于回到了酒店。走进房间，我疲惫庆幸地站在镜子前，自己对自己说：“妈的，没钱才是人生最大的艰难。”

又在长春昏聩地睡了一夜，醒来时，不知身在何处。亦无处可去。我特别恨这种感觉，这种感觉总是让我觉得自己被全世界抛弃。

我要尽快回到漠河的北极村。

傍晚，我出门去火车站。周遭的街灯暗淡恍惚，寒气凛凛，晦暗的城市上空飘着细雨。愁云低垂。无数灰尘细砂打在脸上。我想起了我刚到长春的那个夜晚。我缓缓地唱着《微风细雨》这首歌：“微风吹着浮云，细雨漫漫飘落大地，淋着我淋着你，淋得世界充满诗意。”唱了一段我就唱不下去了，心想淋雨都能淋出全世界充满诗意，而我此刻的感受根本不是这样的，哪儿还有什么诗意，我现在淋雨淋得感觉全宇宙充满了恶意。

在这人来人往的火车站，人们行色匆匆。我站在火车站外面，目光空茫地遥望着远处矗立的几根工业烟囱。浓烟滚滚。这跟城市所有正在发展中的一切，遥相呼应。那些烟囱显得那么突兀，显得更加孤单。

四月初的东北。

从长春到漠河

爱江山更爱美人

晚点两个小时的火车，终将把城市这个庞然大物甩在了沉寂的暗夜中。车厢内的拥挤程度让人出乎意料，浊气稠密，起身拿东西都觉得异常艰难，耳边不时充斥着各种抱怨。我也想跟着抱怨，但想想没多大意思。气氛沉闷压抑。为了抵御焦躁和寂寞，我艰难地起身，从背包里拿出零食和二锅头，打算一路喝到漠河。老三说过，在火车上要淡定从容。于是，我一口零食一口二锅头地干起来。

忽然，旁边有人开口问道："去哪儿啊？这就喝上了。"

我没有正面回答，只是说："闲着也是闲着。不喝酒干吗？"

列车的广播使被嘈杂声和埋怨声充斥的车厢渐渐变得一片安静。接近十分钟的抒情节目结束后，开始播放经典歌曲。当《爱江山更爱美人》这首老歌在车厢内骤然飙起时，我觉得自己跟豪迈却落落寡合的戏码很对路。

我原以为我能豪迈地一路喝到漠河，可是只喝了约莫10公里路，酒量根本支撑不起我那从小就幻想着仗剑走天涯的情怀。半瓶二锅头吞下肚子，脑海一片空茫，我晕晕乎乎地靠在座椅上，沉沉入眠。

也许火车已经在苍凉夜色中穿行了很长的距离，我迷迷糊糊仍旧带着昏沉睡意。慢慢地，耳边的余音和荒疏了的所有幸存的记忆一并袭来。我努力控制着那些能使自己陷入沉重的所有思绪，睁开两眼，有些余醉。不知又有多少人抵达了自己的终点，车厢周遭已经由拥挤变得有些空荡。有人喝酒，有人打牌，也有人沉睡。从吸烟处飘来的烟雾，使得车厢有些迷幻，有些袅绕。

四个满脸风霜的男子，不知何时坐在了我的身边和对面。小餐桌上摆放着几根黄瓜，还有火腿肠、没有拆封的方便面、一瓶一斤装的“北大仓”。他们开始了凌晨三点过的早酒。而我的零食和那半瓶二锅头，不知是谁热情地帮我收纳到了食品袋中，它们孤零零地被悬挂在窗边的挂钩上。从我睁眼起，他们就一直在谈笑风生。我站起身，准备去吸烟区。坐在对面的一个中年男人，看上去稍显年轻，他啃了口黄瓜，抬头说：“姑娘，喝点不？”我恍恍惚惚地笑了下：“不了，谢谢。”我朝他举了举手中的烟，示意要去抽烟。

窗外的凉风无孔不入地从连接处的缝隙窜进干燥的车厢。天地一片灰茫，朝阳从地平线上先是由一个小小的红点慢慢升起，天边呈现出鱼肚白，继而蓝白橙红，层次分明地衬托着红日徐徐上升，直至孤独的大地被晨光笼罩。整个世界清新透亮。

我倚靠在门边的一侧，疲惫、茫然和思念一并袭来，背部锅炉的温度使得我的身体因酒精而失去的热量慢慢回升。我就那么茫然地靠着，瞭望在新的一天里。我怜悯着总觉得不知身在何处的自己，怜悯着不断瞬间闪现在眼前又以飞快的速度消失在身后的窗外景色。玻璃窗上覆盖着一层厚厚的雾气，这些雾气慢慢地以一种微妙的形态汇聚成一滴滴小水珠，缓慢地往下沉，最终壮大成一条水痕滑落下去。不知它们会被风力带到何处。封闭的车厢并没有完全隔断火车飞驰中轰隆隆的声响，还有那偶尔发出的急不可耐的汽笛声。这种声响在划过长空时，总能和着平原大地四月的春风，和着对远方的向往，和着浩浩荡荡的思念，一并钻进车厢，钻进我的心里。望着窗外的一切，我渐渐感觉到自己不由得抬起那只拿着烟的颤抖着的手，抹去脸颊迅速滑落的泪水。

纷乱的思绪跟着火车平行驰骋，我的双腿因长时间蜷缩，变得发僵。我折身缓缓返回车厢，醒来的乘客们各自活动着。那四个男子依然喝着酒，餐桌上的东西已所剩无几，狼藉地摊在四周。

我坐下来，看着他们喝酒。我忍不住问："这么早就喝上了，你们去哪儿呀？"

这应该是我这么久以来第一次主动跟人搭讪。其中有个人回答道："回图强。"

我只是"哦"了一声。习惯性语塞。

"你去哪儿？看样子是南方人吧？"坐在我旁边的那位年纪稍大的人问道。

我说："去漠河。"

年纪稍大一点的男子又悠闲地抿了一口酒，目光流露出一种微醺的神情，同时表情有点疑惑："旅游？要是旅游，你来的季节不对。"

我只是笑了一下。我只想继续听他们聊天，不太愿意他们把关注点移到我身上。

老　魏

四个男子中，年纪稍大一些的，叫老魏。年轻点的，叫老李。他们总是粗犷地把对方的名字在这种公共场合叫来叫去，周围的人，在很短的时间内，自然都知道了谁是老魏，哪个是老李。

老魏坐在我旁边，跟坐在我对面的老李说话，看上去他们的早酒已接近尾声，都带着些许醉意。老魏毫不避讳地跟老李说，再过几年，儿子独立了，他就打算和他们屯儿的王寡妇结婚。老李认为这并不如人意。老李说，王寡妇的面相不是旺夫的相。老李又说，要不然王寡妇的前夫不会在外地打工期间被运渣车碾死，还死得那么惨。这时我在想，这个“惨”应该就是肇事司机逃逸，又抢救无效，就这么简单。可老李借着酒劲道出的这个“惨”，却是血股淋裆（四川话，形容血淋淋的，很可怕）的连个全尸都没留下——下半身在机动车道上，上半身被底盘刮到了另一条街。老李认为，是王寡妇那张不旺夫的面相在自家男人的悲惨命运中起到了决定性的作用。老魏十分不认同老李的观点，他对着老李甩了两下手，把头偏向一侧，望着我。我也看着老魏那张沧桑的脸。老魏就这么看着我，他像是企图要从我脸上寻求一些认同他的想法的表情。老魏一边面带些许尴尬的微笑地看着我，一边将那双粗糙得有些皲裂的手掌搁在他的大腿上来回摩擦。见老魏没有说话，老李又抿了一口酒，接着又将老魏娶王寡妇的“利与弊”做了个笼统的分析。王寡妇的儿子在上初中，这得有人养，零零碎碎的支出多，养大了，万一以后不认这个后爹怎么办？养了王寡妇的儿，就得把王寡妇养着，这又是一笔支出。俩人在一起了，要是王寡妇再生一个小的，拿什么养？老魏每年当伐木工挣的那些钱，只能勉强养老魏自己和他那亲儿子。老魏听了老李的分析，面带些羞涩地说：“说啥玩意儿你，我多大岁数你不知道啊？”老李笑了。老李坚持认为，老魏若想安稳无忧地过晚年，就必须要和王寡妇有一个孩子，孩子才能起到一种使婚姻稳固的连接作用，否则，在这种组合的家庭中，人与人本身就高于正常家庭的敏感，随时会因为一些根本矛盾急速地摧毁家庭成员彼此间的信任。老李说，如果你老魏要是有足够的钱，这都不是问题。最圆满的是，老魏应另娶一个，不要打王寡妇的主意。王寡妇克男人是明摆着的。看得出来，老李说的这些话让老魏很伤感。老魏最后说了一句“拉倒吧”，将这个话题做了个终结。

窗外强烈的光线喷薄而出，直射进车厢里。车窗外，目之所及，依然草木枯黄，荒凉依旧笼罩着天空下的大地。我干脆开启昏昏欲睡模式。旅途的颠簸，让我习惯性地昏沉。

我再次睁开眼，老魏他们在打扑克。百无聊赖中，这是最好的消遣方式。

见我醒来，老李说："玩儿几把呗。"

我直接回绝："不会。"

他们看上去似乎都对我的这个回答不是太满意。他们或许认为不想打牌可以理解，但是不会打，简直不可思议。

老魏一直不相信我去漠河只是旅游而已。其实，于我而言，这连旅游都算不上，就是单纯地走一走，到处看一看。

列车停靠了一个又一个站。我算着到达漠河的时间，应该是晚上九点左右。这让我心里很是没底。我只能告诫自己，在百无聊赖中必须学会顺其自然。

早晨7点半，列车上特有的叫卖声恢复了，在车厢里此起彼伏地回旋。车厢外面的世界，让人有些日上三竿的错觉。我感到自己呼吸道有些难受。感冒，低烧。

老魏他们吃着早餐。他们的早餐很特别，馒头下酒。

老李指了指那袋挂在窗户挂钩上的二锅头和零食，问我："咋不喝呢？"

我说："感冒了，挺难受。"

老魏站起来，为我让出位置，关心地说："你躺着睡，睡一觉就好了。"他边说边挤到对面老李的身边坐下。

实在是太难受了，但我必须咬牙挺住，坚持在火车上熬过剩下的时光。这个过程似乎极其漫长，痛苦。车厢里浑浊的空气和从吸烟处飘来的烟雾不断刺激着我的鼻腔和胃部。我昏沉地躺在座椅上，睡了一觉又一觉。

又到了日落西山。大地上的光晕随着日落慢慢减弱，直到最后的余晖消失在遥远的地平线。

我闭上眼，无力地瘫在座椅上。随着感冒加重的难受，我只好无力地平躺着，心想，时光啊，是如此漫长。我正在想着，感觉有一只手在试图摇醒我。我睁开眼，老李拿着一瓶酒，他们正要再次开喝。我以为老李把我推醒，只是问我喝不喝酒。可事实是，他们商量着让我起来参与老魏的儿子到底是上大学还是学门手艺的讨论。我艰难地坐起来，抹了把脸，显得极其疲惫。

老魏直截了当地问我："姑娘，看你是读过书的人，你说我儿子是学门手艺，还是继续上学好？"

老李坚定地说多读几年书好，反正又读不死人。从老李的语气中，似乎让人隐约感觉到他对老魏的心疼。因为老李认为大学四年的学费一定不菲。其他两人的意见是，老魏的儿子应该去学门手艺，最好当木匠。老魏本人是个伐木工，会做木匠活儿。对这个建议，老魏马上就否定了，他说当木匠没出息。老魏转过头来问我应该学点儿什么好。

我操着四川普通话对老魏说："你不要小看木匠哟，考级的话，八级木匠相当于高级建筑师，是高级知识分子。六级木匠也应该属于中级知识分子吧。"

可是，老魏整死也不明白为什么"木匠"这个工种竟有如此高的"社会地位"。老魏想了想，似乎有些忧虑地说："现在大学生就业难，没有关系很难找到好工作。我儿子成绩一般，肯定上不了好的大学，真还不如学门手艺。"

我对老魏说："真是什么话都被你说完了。"

我们仍旧处在要么考大学要么学一门手艺的思维上，万万没想到的是，老魏突然说干脆让他儿子去学煽猪。这让我们所有人大吃一惊。

我带着一些疑惑，问老魏："你说的煽猪，是不是兽医专业？"

老魏说："不是，就只是单纯的煽猪。"

老魏说他们屯有个煽猪匠年轻时东奔西跑煽猪发了小财，现在已经有了个规模不算小的养猪场。这都是一只一只猪煽出来的家业，稳当，踏实。

我说："老魏，你还是回去问问你儿子喜欢干什么吧。他喜欢做菜，你就让他做菜；他喜欢刨地，你就让他刨地。尽管煽猪能煽出一片江山，但那也未必是他想要的未来。"

讨论儿子的前途的话题让老魏有些忧郁，他脸上的皱纹在忧郁下显得更加深刻。

所有人都暂时陷入一阵沉默中。没有人说话。

火车在阿穆尔站停靠，人群渐渐散去，空荡荡的安静下来的车厢和车外沉寂凛冽的夜色总是让人情绪不太稳定。

老李站起来，撑了个懒腰："终于快到图强啦！"

老魏似乎努力在掩饰本能的腼腆，于是让人感觉他说话时怎么都有些害羞。接下来，老魏对我的职业有着很大的兴趣，穷追不舍地问我是不是去漠河做生意。我反复告诉他，我不是生意人。

"姑娘，你这一趟从成都到漠河，得花一两千块钱吧？反正，我是舍不得花这些钱的。"老魏把头转向窗外一闪而过的黑暗，凝神远望地接着说，"我这么些岁数，哪儿都不想去，就只想去一趟北京，在天安门前照张相，可我不知道去北京要花多少钱，就不敢出门了。姑娘，去北京最少要两千块钱吧？"

老魏带着些尴尬的笑，转过来头看着我，继续连珠炮似的问："姑娘，你去过北京没？天安门前照相的人多不多？是不是很挤？"

还没等我回答，老李抢着说："老魏，你他妈让你儿子学煽猪，你们家祖宗八辈都别想去北京。"

晚上8点50分，火车到达图强。车内的冷清让人很容易感觉到车外逼人的寒气。老魏和老李一行人扛着行李下车了，匆匆忙忙地。我又沉入了那种惯有的、漠然恍惚的状态。

火车再次出发，并很快接近终点站。列车广播响起，才提醒我这一天就这么在恍恍惚惚中过去了。再次播放《爱江山更爱美人》，让我想起前一夜的心境，想到因感冒带来的诸多愁绪，落寞感油然而生。整节车厢除了我，只剩下一对年轻的情侣，他们相互依偎着。我重新躺下去，闭上眼睛，和那对情侣一起，等待着火车驶入漠河站。

列车慢慢驶入远处看上去星星点点的地方。火车随着单调而悠长的汽笛声，停靠了下来。我站起来，带上帽子，扛起背包，走出车厢，迎面吹来阵阵凉森森的风，身后的广播依然在唱着："人生短短几个秋啊，不醉不罢休……"

我站在漠河火车站那单调又幽暗的探照灯下，茫然，又无助。

最北的北方

又到北极村

从侧门绕过车站，又绕过那片我和老三曾经被一群拉客者锲而不舍“围攻”的广场，路过马路右侧的鸿运旅馆时，我晕晕晃晃地走在一群看上去很粗犷的男人身后，被站在旅馆门口披着大衣、跺着脚拉客的旅馆老板招呼着一起拉了进去。斑驳破旧的房间，提供了足够的暖气，这对我来讲，很幸运。安顿好一切，才感觉自己一天滴水未进。劈头盖脸而来的疲惫感让我来不及去安顿自己的肚子，倒在床上昏沉地睡了一夜。

为了赶早上8点半开往北极村的大巴车，我快速地收拾好东西，离开旅馆。在旅馆对面的小食店用餐，坐等漠河县城到北极村的大巴车驶来。接近8点40，大巴开到漠河车站外面，和第一班到达漠河火车站的列车对接。

车站碧蓝的上空，弥漫着火车喷薄而出的滚滚浓烟。旅客从车站旁边的大门鱼贯而出。我放眼眺望，崇山峻岭间缀满绿意，让人感觉漠河的春天真的来了。一丝祥和，些许静好。这让我想起和老三第一次走出漠河火车站的茫然、争执与对抗。现在，我想要是老三能看到此时的景象该有多好，可是她已经离开这个地方，循着她心底的远方迈上了回去的路，也是准备再次出发的路上。我多想她看看漠河春天上空的湛蓝如洗和群山间的晨光晓雾，看看早已解冻的广阔富饶的三江平原。我想她一定会很开心。

我跟着大巴又回到了北极村。

整个大兴安岭地区正式进入防火期。天干物燥。大巴车在北极村的大门外停下来。北极村的售票员爬上车，扯着洪亮的嗓门，站在车厢内嚎了几嗓子。除了当地回村的村民，其他游客必须下车购买进村的门票。我不得不又买了张门票。

北极村的街道两旁，商家们开始了整个夏季的接客忙碌期。接近正午的阳光有些炽烈，街上没有行人，似乎也没有一个跟我一样匆忙赶来的游客。我顺着最北邮局旁边的一条路走下去，左转，径直走到53° 半青年驿站。门外有三个人正在锯木头，木屑四下乱飞，我和他们挨个对视了一眼。

53° 半青年驿站

我推开驿站虚掩着的门，走了进去。老板的妈妈看见我走进院里，立即停下手中的活，说："回来啦。"我笑了笑，没有说话，很熟练地走回之前和老三住的房间，放下东西后，又走出来，回到吃饭的那间房子里。

老板的妈妈边拍打着飘在身上的木屑，边戴着袖套走进厨房。她显得很热情熟络，又带着些许责备的口气说："你打电话说今天上午到，我算着应该是接近午饭这一趟大巴。我让我儿子李旭去接你，可没接到人，他自己回来了。"

我问："你儿子回来啦？在哪儿？"

老板的妈妈有些茫然地看了我一眼，指着门外闷头干活的小伙子说："戴眼镜儿那个，我儿子。"

我朝门外看了一眼。进门和他对视时，我以为那人是老板家请来打工的，心想这啥玩意儿长得五大三粗的，硕大一坨。只是这话我没好意思说出口。他长得实在太高大粗犷了。

年轻人相互熟识的速度很快，不需要说客套的话。我不会说客套话，李旭也表现出更不会说客套话。我总是表现出一种很落寞寡言的状态，而李旭比我更沉默寡言。我问李旭什么时候从哈尔滨回来的，他说："有三五天了吧。"

此后，这一天时间，我俩再也没有说第二句话。

下午3点半后，开始刮风。大兴安岭地区的春风刮起来有点要命。这跟四月初哈尔滨的"春风拂面"不一样。那时候，哈尔滨的风虽然大，但是是刮不死人的。可整个大兴安岭依然残存着尚未消退的冬天留下的印迹。青黄不接。虽然这里已进入防火期，可早晚温差的巨大悬殊，使得我早晚都要穿上那套加厚羽绒服，这显得有点不伦不类。尤其是跟当地人比起来，显得格格不入。

黑龙江在坚冰消融后，整个江面看上去浩荡粗犷，累积在岸边的巨大的冰块没有来得及被浑褐的江水冲散，暂时并未有消融的迹象。那些冰块孤零零地躺在江滩上。放眼眺望黑龙江的江对面，俄罗斯的群山已初现苍翠，偶尔有一只乌鸦，在江面上飞来飞去。

在这个春天，整个北极村已经开始了紧迫的工期进程。村里人认为，几年后，北极村的旅游业会更加成熟。这是北极村人的共同期待。

风，盛气凌人地吹了一阵。阳光又洒了下来。

七星广场不远处的一大片建筑群，忙碌的工人和飚过去又奔过来的运渣车就足以说明此地对旅游打造的投资力度。工程面积太庞大，以至于让人不由感慨，这个原本古老的村子，在发展经济的冲击下，正经受着前所未有的阵痛。

接近傍晚时分，风，没有了之前的嚣张气势，炽烈的阳光变成了落日熔金的壮观。夕阳打在书写着“神州北极”四个红色大字的那块巨石上，拉出长长的影子，巨石像一座墓碑孤独地矗立在江边。随着夜色徐徐降临，风又渐渐狂烈起来。尘埃满广场飞扬。我离开七星广场，走在返回驿站的路上，被晚风吹得有些步履踉跄。

第二天，李旭的父母给李旭安排好并一番叮嘱后，老两口坐火车赶回加格达奇上班。于是，整个驿站就剩下我和李旭两个人。两栋屋子，一个菜园子。空荡荡的周围，说无聊，也算不上真正的无聊，我尚且还对周遭的环境存在着那么一点没有消失殆尽的好奇。

我和李旭没有更多的话可说。李旭每天的工作就是打扫卫生，做饭，趁着阳光好的时候，把院子里的那片菜地翻出来，以待播种。空闲时，他抱着大瓶装的可乐看一到两部电影。电影是在网上下载的。麻烦的是，他必须在每天早上趁着网络还比较通畅的时候下载。冰雪融化后，村里的网络总是频繁地发生断网。这给我们的娱乐生活带来了很大的麻烦。

在饭厅的一面墙边，立着一个小立柜，是那种20世纪八九十年代结婚必备的几大套件之一。小立柜被搁在饭厅，其利用价值就是摆放十几本图书。看上去，那些书很寂寞。李旭在豆瓣上推出了一个叫“以书换住宿”的活动，长期有效。小立柜上的那十几本显得可怜孤独的图书，全是一些背包客换住宿留下的。除了三毛的《万水千山走遍》，余华的《活着》，章诒和、贺卫方的《四手联弹》，莫言的《蛙》（盗版），詹姆斯·希尔顿的《消失的地平线》，还有几本科幻小说和旅行类书籍。我跟李旭开玩笑说，就差成功学和心灵鸡汤这类书了。李旭直言，这两类书不作为换住宿的基本条件。

午后的阳光让我变得很慵懒怠倦。我坐在饭桌旁喝茶，重读余华的《活着》。李旭在屋里屋外来回地晃着。他喜欢每天闲来无事地把手机开为公放状态，听一个叫“都市算命人”的广播节目。在饭厅门口的内侧，老三洋洋洒洒挥笔写下的“自由之于我大于生命”的留言赫然在目，每每抬头就能看见。我合上书，问李旭今儿晚上吃什么？李旭从厨房里走出来，告诉我，晚上吃婆婆丁（一种野菜）和大葱蘸大酱，又补了一句，再给烧个茄子吧。我一听立马表示不满，我说这啥玩意儿，顿顿生吃，能不能整个炖的？李旭说那就给你整个土豆炖茄子。我顿时感觉生活毫无意义。只要不处于思考人生的状态，盘算下一顿吃什么可以填饱肚子是我每天的唯一乐趣。这跟美食没有任何关系。

起初几天，只要不是让我顿顿生吃，或者不是非要让我吃饺子，那么在吃什么的问题上，我和李旭不会有太大的分歧。但是后来，我和李旭在剥完蒜洗不洗和扒完白菜洗不洗等的卫生习惯上产生了严重分歧。好在没有冲突，但总是导致我三番五次在用餐前萌生去外面的饭馆撮一顿的想法。李旭认为蒜和白菜剥了后没必要清洗。在这个问题上，他实在是太固执了。他有他根深蒂固的习惯，我有我的卫生要求。我俩谁也不想多跟对方有过多的争执。

我告诫自己，在他做饭的时候，我绝对不再踏进厨房半步。眼不见为净。

趁着午后的阳光正好，我走路去北望亚口广场的中国北极点——就是那条我和老三踩着积雪走了一半没走完的路。我默默祈祷，看在我不喜欢跟别人讨论人生、属于一个正常人的份上，千万不要遇上狗，或者被狗撵。从驿站到中国北极点，估摸着有两公里的路程。万幸，没有遇到狗，更不存在被狗撵了。

阳光持续的好，但没有期待中的那么暖和。在这种天气，我依旧穿着我的对襟中式小棉袄，戴着帽子。江风掠过，还是有一些凉意。北极点的周围，除了我，只有一群马，连个鬼影子都没有。这容易让我倦怠消极的思绪加剧。附近杂草丛生，只能慢慢地趟过去。我站在一根木头指示牌下，望着木块箭头指向的方向，慢慢地转着圈圈。纽约、新德里、开罗、莫斯科、巴黎以及好望角的地标和直线公里数，箭头四仰八叉地指向不同方向。我跟自己说着话，妈的，世界这么大，我竟然无处可去。

莫斯科距离最短，3100多公里。我对自己说，这个太近，得找个远点的地方向往一下。可是好望角又太远。好望角到底属于哪个国家？我爬到指示牌下的那堆石头上，默默地想了很久，脑袋里只有三个字——好望角！

思考带来的沉醉被广场上驶来的两辆军车毁于一旦。我的眼神跟着军车的移动而慢慢地移动着，直到两辆军车停下来。一群军人迅速下车，在广场边扯起一条很长的横幅和几面写满标语的旗帜。那些军人朝我投来很奇怪的眼神，我也把眼神投过去望着他们。不过我对他们在干什么丝毫不感兴趣，因为此刻我只对好望角充满兴趣，或者说，我只是在思考好望角在哪里。我顶着满脑壳的“好望角”，从石头上滑下来，滑到地面，拍了拍衣服，慢慢地朝着那些军人走过去。为了掩饰自己浅显的知识面，我只能换个话题问。

我指着木头指示牌问：“班长，请问纽约在什么方位？”

班长点了一支烟，撑了个懒腰，漫不经心地说：“东北。”

我又问：“新德里喃？”

班长说：“西南。”

我语气佩服地说：“班长，你好厉害！”

这本来是为了我接下来的另一个问题做点恭维性铺垫，可是还未等我提出另一个问题，班长随即反问道：“你上学没学过地理坐标啊？”

我说：“可也没学过纽约在这个点的东北方向，新德里在西南方向啊。”

班长笑了一下。

我又问："班长，那个好望角属于哪个地方喃？"

"非洲。"说完，他抽着烟走开了。

后来，军车开走了。我慢慢走到他们刚刚挂出的横幅前，上面写着："勿将边防政策当儿戏，严守国界法规。"旗帜上写着："进入景区，防火第一。"

稍后，我在连个鬼影子都见不到的广场上狂奔起来，踩着枯草，步态轻盈，那群吃草的马儿被我神经兮兮的举动吓得四下狂奔，只是和我狂奔的方向不一样。我觉得消耗掉体力就不会感到那么孤独。在这个荒凉沉寂的地方，我很想找个人说话，哪怕是一只猫，我想我都能抱着它，跟它说半天话。可是这里没有猫。跑了很久，跑着跑着，我就想哭一场。我想，哭也不能消除荒凉的周遭给我带来的莫大的孤独。我跑了一个大圈，然后沿着这个大圈一圈又一圈地跑，最终把自己跑到累得瘫倒在偌大的广场上。过了一阵，我慢慢地睁开眼，仰望天空。阳光猛烈。我缓缓地爬起来，哭着走出广场，哭着沿着那条来的道路，回到村子里。

看似早已冬去春来的大兴安岭地区并非每日都是春光和煦、傍晚暮色苍茫的路数。始料未及，刚刚断掉的暖气，还没来得及清扫壁炉，天气急剧转阴变冷，整日溟濛苍茫的天空淅淅沥沥地飘着春雨。太冷了，冷得我的心简直像失恋一样的拔凉。

我忍不住问李旭："你们这儿的春雨是不是来得太迟了点？"

李旭说："也不知咋的了，今年暖得特别晚。"

我盘着腿，裹着被子，窝在沙发上，边抽烟，边背诵唐诗："好雨知时节，当春乃发生。随风潜入夜，润物细无声……"

我仰望着屋顶，吟完这几句诗，"唉"的一声长叹，抽了口烟，接着说："这北方的春雨，竟下出了南方的乡愁。唉……"

"你是不是特别无聊？来帮我剥蒜！"李旭在厨房咆哮。

我带着埋怨的口吻，明确指出李旭破坏了我苦中作乐的诗意生活。我从沙发上爬起来，哆嗦着穿上羽绒服，边穿鞋子边问："今儿咱俩吃什么？"

李旭说："酸菜炖猪肉。"

我叹了口气。

李旭问："那你想吃什么？"

我说："炝炒莲白。"

晚饭后的娱乐项目除了看李旭起个大早下载的电影外，在这种阴冷煎熬的夜晚，窝在有暖气的房间喝酒成了另外一种乐趣。仅此而已。独饮。李旭不喝酒，他暂时认为没有什么高兴的事情值得他喝酒。他认为高兴了才喝酒，一个人喝酒是一种很无聊的行为，是借酒浇愁的行为。我觉得他不懂生活，反驳他这叫"独酌"。

一部电影结束，酒我也喝得差不多了。阴冷又断网，夜漫长得无边无际。绵绵细雨中，只能用"冷得一塌糊涂"来形容。

吃炝炒莲白这个愿望在一觉醒来后得到了满足，不过这已经是在第二天李旭敲门叫我起床吃午饭的时候。我跑到饭厅一看，饭桌上那一盘凌厉的炝炒莲白赤裸裸地刺激着我的神经。莲白菜裹满花椒、干辣椒和炒煳的蒜粒，像暴尸街头似的，四仰八叉凌乱地躺在盘子里。

这太残忍了。

我指着盘子问："这是炝炒莲白？"

李旭盛了碗粥，坐下来说："不是你告诉我的这个办法吗？"

"炒出来也不是这个造型呀，太侮辱视觉，影响胃口了。"桌子上唯一的一道菜，被我深刻地嫌弃着，我明知故问，"还有，咱俩人，就吃这一盘菜？"

李旭淡定地说："那也够了呀，每次炒一盘菜，你也没吃完过。第二顿我还要来解决剩菜。不能浪费。"

我看着他说："老兄，你的生存成本是不是太低了点，这根本就没达到人类生存需要的基本标准。我告诉你，你觉得我要每顿全给吃完了，那我们两个人还够不够嘛？"

李旭问："你到底想吃什么？"

我冷静地从胸膛飚出两个字——"火锅！"

这一顿午饭，我吃了20分钟，却花了15分钟在挑花椒。花椒这个鬼祟的东西。

李旭说，好吧，晚上涮火锅。

鉴于南北饮食的差异，更为了满足个人口感的需要，李旭只能在炒料的时候加入大量的辣椒和花椒，尽量让口味接近凶猛肃杀的四川口感。好在李旭吃辣，也能接受适当的麻。而东北的辣椒并不辣。北方人吃火锅（涮锅）离不开麻酱，就像四川人吃火锅离不开香油碟一样。我建议李旭试着四川人的吃法，他打死都不答应。

火锅上桌，我以摧枯拉朽之势过了把麻辣瘾。我满足地站起来，打了个饱嗝，对仍在埋头使劲儿吃的李旭说："上半场结束，我中场休息下。"

丢下李旭一个人吃着火锅。他吃得很忧伤。满桌子的菜，如果我没了下半场，这桌剩下的菜足够我俩炒着吃三天。

我开了一瓶啤酒，坐回沙发上，重新裹起被子，边喝啤酒边和李旭说着话。我告诉他，我想把头发剃掉。李旭惊异地转过身看着我，问我原因。我说没有原因，洗头这个问题在你们这个村子里根本就解决不了。来这么几天了，我在村子里逛了好几圈，愣是没有找到理发店。干脆剃了，不用再打理，这样更方便，也觉得清爽。李旭转过去，继续吃着火锅。我坐在沙发上，一口又一口地灌啤酒，有些犹豫不决。我又想了想，告诉他，我再考虑一下。这个话题没有再继续讨论下去。

村里的大喇叭广播每天从北京时间5点半开始，一个节目又一个节目地同步播放。基本每天的晚饭，都在《新闻联播》中进行着，直到《中国之声》结束后，整个村庄才渐渐恢复该有的静谧。

北极村的时差比北京时间早了两个小时，同步俄罗斯。进入北极村后，手机时间自动调整到俄罗斯时间。我披着被子，窝在沙发上玩手机。李旭边吃边转过来跟我说话，他说他对四川火锅并不感兴趣。而他一直感兴趣的，甚至想起来就垂涎三尺又纠结的是川菜中的一道凉菜——红油鸡块。他很想知道红油鸡块里的红油是怎么调出来的。我抽了口烟，转过头望着他，我说我要是知道怎么做，你觉得我还吃得下你炒的炝炒莲白？

可以这么说，隔三岔五地吃李旭炒的“川菜”，我每次几乎都是带着悲壮的情绪咽下去的。红油鸡块这个话题，以一种受阻于专业上的高度，而宣布结束。

天气的原因总是让我情绪很不稳定，因为冷，冷还不说，很多时候冷到人窝着根本不想动。但相比李旭表现出来的实实在在的让他每日坐卧不安的现实的焦虑，我的焦虑看上去根本不算回事，反倒显得有点无病呻吟。当然，除了吃饭的时候，我俩谁都不会再焦虑。李旭开始跟我聊他的驿站，他的担忧和焦虑就是整个驿站只能靠旺季的收入作为整年的周转支出，甚至是客栈后续发展的支撑。我放下啤酒瓶，走向厨房，想跟他聊点什么，猛然看见李旭竟然趴在桌上吃火锅。

我转到他面前：“你干啥玩意儿呢？”

李旭说：“你不吃，我得多吃点，浪费了可惜。”

我惊讶之余赶紧说：“吃不完，下顿咱俩还可以吃嘛。都是吃多少做多少，我还真没见过做多少就能吃多少的人。”

在李旭接近病态的节约理念里，接下来我俩又连续吃了三顿火锅，一顿接一顿地解决剩菜。鉴于前车之鉴，我学着变“聪明”了，尽量多吃菜，少吃饭。因为我实在不愿意一道菜一顿接一顿地吃几天。

在淡季，驿站长期处于入不敷出的状态，李旭只好每天去火车站揽两趟客，中午一趟，下午5点30分一趟。这两趟是与每天从漠河县城发出的火车对接的两趟。但往往进村的没有出村的多。驿站里长时间只有我和李旭两个人待在一起生活。我俩终于到了无话可说的状态。李旭依然每天做饭，打扫卫生，看电影。我除了吃饭喝酒看电影，偶尔翻翻书。如今多了一个荡秋千玩的娱乐项目。院儿里有两架秋千，没事的时候，我就一架一架地换着荡，无聊导致的恶性循环就是每次必须直到荡出有一种晕车的感觉才停止。

连续多日的阴雨霏霏，让我完全失去了感慨“这北方的雨竟下出了南方的乡愁”的诗意和情趣。李旭连续地准点出门去火车站等着揽客，他终于在一个接近饭点的傍晚，带回来两个旅客，即一对夫妻。我和李旭都掩饰着那一丝终于有人可以跟我们说话的开心，一种强烈的交流欲望劈头盖脸地袭来。李旭难得有兴致地做了几道他拿手的东北家常菜，偌大的房子也稍微有了些许人气。四个人默默地吃完饭，然后兴奋地聊天，聊着聊着，我和李旭原本充满交流的情绪，慢慢变成了我俩的主要任务就是听夫妻二人聊自家的孩子，聊丈夫的军旅生涯。不过好在我不排斥这类话题。反正又不是聊人生。

这对夫妻在第二天一大早就离开了驿站，他们的计划只是在北极村待半天一夜，中午之前逛完北极村，然后坐班车去漠河县城。他俩一走，我和李旭仿佛又再一次回归到一种一如既往的清冷当中，显得有些孤苦伶仃。

由于在驿站时间太长，慢慢地，周围邻居误认为我是李旭的对象。当地人管“女朋友”不叫“女朋友”，他们叫“对象”。

整个北极村普遍的院落格局就是典型的东北农村院落。篱笆院子隔着一户户人家。我好几次跟李旭开玩笑说，你们这儿都是联排别墅。几乎每家院落里都有一大片春耕秋收的自留地。别人家院落里的自留地已经开耕，而李旭家的还是一片杂草丛生，只有稀稀落落长得不算太好的婆婆丁和拔地而起的一小片葱头。这是李旭家整个院落里唯一的绿色。隔壁小院是一家家庭旅馆，有时候风把枕巾、被罩等物吹到李旭客栈的院落里，那家主人就会从栅栏钻过来，捡回被风吹落的东西。

我经常坐在秋千上，无聊地观察着周遭，对这里的一切虽习以为常，可这并不代表我对别人的生活感兴趣。我只是喜欢坐在秋千上，观察着远山云雾的变化，然后再那么无聊地把秋千荡来荡去，把远方想念来，又思念去。很多次，我朝着不及人高的篱笆望过去，发现有人一直在盯着我观察。当我和邻居对视的时候，他们都会以一种猜疑的目光来审视我的身份。我从他们的眼神里并没有察觉出任何恶意，我想他们每一个人只是好奇而已。因为他们觉得我这个游客似乎已经在北极村游荡了好些日子，丝毫没有离开的意思。那一定就是李旭的对象。

不下雨的时候，隔壁的老板就会在他家旅馆的大门口维修他的那艘铁皮船。他专注地重新焊接每一处锈蚀出了裂缝的地方，然后用砂纸挨着打磨。

有一天，我独自从大门口走到路上，经过正在焊接铁皮船的那老板的身旁，他立即放下手中的活儿，抬起头微笑地问我："你是他对象啊？啥时候来的？这丫头长得俊。"我笑了笑，告诉他，我不是李旭的对象，然后我头也不回地走了。

有些时候，我懒得解释，可很多时候，我觉得还是有必要解释说自己是游客。因为李旭的对象很快会带着她的同学择日从长春赶过来玩儿。任何时候都没有必要制造出一些不必要的误会，甚至麻烦。

这种日复一日细雨迷离的糟糕天气终于有所好转。每日午后，院子里总是传来隔壁大叔敲打焊接他那艘铁皮船的噪音。在村子里，除了每天傍晚的广播，外面的田野里有了一点劳动的生气在回荡着。

剃　发

午饭前，我抓住李旭问："你会刮头吗？"

李旭说："会。跟刮胡子一样简单。"

我说："吃完午饭，帮我把头刮了。"

我觉得像"刮头"这么浩大的"工程"，很有必要跟家人打电话说一下自己的想法。但我知道这是不可能被同意的事。我决定一意孤行一次。

午饭后，我和李旭各自窝在沙发上。他依然在看电影，我在记着笔记。炉子上烧着一壶水，渐渐地从壶嘴冒出不断的吱吱声。生活单调。庆幸的是，我终于在长时间的单调中开始学着平静。我平静地等待着有那么一天的时间，阳光肆意，平静地等待着我将要走的每一段旅程，遇到的每一个人。我甚至已然开始学着去平静地等待每一次的久别重逢。

李旭起身去厨房，他把水壶提到锅炉房，开始准备热水和剃刀。他告诉我说，先要用热脸帕把头发敷软，然后打上肥皂。我说这么麻烦，我还不如把头洗一遍。李旭说，洗完头发水淋淋的，不好刮，容易感冒。我说，你还挺有经验的嘛。李旭说，我看到理发店给老头儿们剃头就是这样做的。

剃头之前，我坐在凳子上想了很久。李旭站在我身后，他把一张热脸帕裹在我脑袋上。直到李旭的动作停下来后，我才发现自己这时候还在纠结，这是我目前经历过的所有的纠结中最让我悲壮的一次情绪挣扎。我挣扎着。这些挣扎又夹杂着更多的无法言说的悲伤。我拿掉裹在脑袋上的脸帕，把长发慢慢放下来。李旭开始往我的脑袋上抹肥皂。抹完肥皂，他摸了摸我垂下去的发尾，问我想好了没有。

我竭力掩饰着任何能流露出来的情绪，说："就剃个发，你咋还整出剃度的感觉了。赶紧下刀吧，一会儿我该后悔了。"

李旭站在我身后，以一种磨刀霍霍向牛羊的杀气，凶悍地握着那把刮胡刀，又问了一遍："我可真下刀了啊？"

我不想再说话，只是无力又悲伤地独自垂着眼眉。我说刮吧。第一刀落在头皮上，那感觉就像我在与这个世界抗争着。慢慢地，李旭手中的那把刀就像除掉我心中的杂草一样，一缕缕除掉了我的头发。我看着镜子里渐渐露出溜光锃亮的脑袋，心中掠过一阵报复了这个世界的快感。可是我却不知道自己到底在报复什么。

剃完发，我望着被李旭扔进垃圾桶里的长发，对李旭说："这头发剪下来能卖几百块钱呢，你怎么就一股脑儿全给乱七八糟薅下来了？"

李旭说："你后悔啦？"

我说："挺后悔的。后悔我上个月才新烫的波浪，花了我整整六个小时烫的波浪啊，能不后悔吗？"

天空完全放晴。北方迟来的春雨终于结束。我戴着坤叔送的那顶厚帽子，还有那副我若是在阴天戴上出门只能走盲道的墨镜儿，慢慢地走出院子的大门。我莫名其妙地觉得自己很帅。于是，我就这么装着一副帅得天马行空的样子，带着那挥之不去的对抗与报复的快感慢慢地走着，走在通往江边的连个鬼影子都没有的小路上。不远处的山间笼罩着层层云雾，很美。这让我想起曾经在西藏波密清晨见过的那些景色。它们美丽而神秘。像极了。美总是相通相似的。而这个世界的丑却丑出了不尽相同和层出不穷。我猛地一脚把一块石头踢向路边的草丛中。这一刻，我感受到了与世决裂的孤独。

我漫无目的地沿着江边走着，直到走过最北的一家商店，接着走过吊桥，穿过一片丛林，才发现又走向了最北点。这时候，整个世界除了我的脚步声和呼吸声，还有江风掠过的动静。水流浩荡。以至于，我站在这个地方，不再感觉那么孤独了。

以往天气好的时候，吃完午饭，我就沿着这条固定的路线走。把这一片的江水看够了，再沿着一路的清冷和一如既往的单调，去看另一片江水。在日暮萧瑟中，又踩着一地的孤独沿着这条路走回去。

在循环往复的无聊中，我决定改变路线，沿着那条我和老三被狗撵的道路继续往下游走。为了壮胆，我在路边捡了根木棒。我害怕再从什么地方窜出来一只狗。我想我是跑不过狗的，更不具备老三那种在狗面前天生的爆发力。但凡遇到穷凶极恶的狗，我是摆不平的。

到了下游，感觉也没有什么可看的，除了路边的建筑群，就是从我身边偶尔呼啸而过的运渣车。我光着脑袋，拖着一根棍子，我想我的形象看上去一定很怪异，不然偶尔从我面前经过的人也不会向我投来一种好奇诧异的目光。跟看大猩猩一样。

我沿着大路走下去，两旁都是苍翠的松林和白杨树，一些新的建筑群林立在江边的树林之中。我走下马路，穿过树林，从建筑群之间的花园慢慢走到了江边。这是一段并不宽阔的江面，放眼望去，江对面的小村庄盘踞在并不是很高的半山腰一带。色彩缤纷，蓦然入眼。山这边的静谧连着山那边的静谧。这就是边境小镇，除了静谧还是静谧。

我从江边的堤坝滑下去，爬上一堆乱石，然后从一堆乱石跳到另一堆乱石上。乱石孤零零地浸泡在清冽的江水中。我坐在石头上，注视着缓缓流过我四周的江水。几只鸟儿从我头顶飞过。我能确定，这次飞过的鸟儿不再是品种叫“乌鸦”的鸟。我又望着江对面群山之中的村庄。

我注视着周遭的一切，这一切终于在这个季节有了一些新意，有了春天的气息。直到江面和群山之中升起薄雾袅绕，我慢慢地站起来，跳向那堆乱石，爬上江边。我拖着棍子缓缓地往回走。

我走到村子里，各家各户炒菜的气味裹着这个春天的气息，在整个黄昏里飘散蔓延。

回到驿站，李旭正在做饭。我说江对面俄罗斯的村庄很漂亮。李旭说，那是俄罗斯的阿穆尔州，依格娜恩依诺村。我对这个村庄的名字不感兴趣，因为它念起来实在太长了，记不住。我告诉李旭，我想去北红村和乌苏里浅滩。这是我在漠河剩下的最后两个要去的地方。李旭说，这时候应该没有司机愿意去，从北极村到乌苏里浅滩的路太难走，上个月是积雪，这个月是隔三岔五的下雨。据说其他客栈有司机前几天跑过一次，回来后赌咒发誓这个月不再跑这条线路，太危险了。

尽管如此，我坚持请李旭帮忙联系有没有愿意跑这趟线路的司机。李旭立即打了两个电话。他挂完电话告诉我，都不愿去。我忧心忡忡地靠在沙发上，我告诉李旭，我走完这两个地方就要离开漠河，去往下一站。乌苏里浅滩我必须去，即使是车费翻倍，只要有人愿意跑一趟。李旭建议我明天去驿站前面那家包子铺问问老板愿不愿意跑一趟。

第二天早晨，我破天荒地起了个大早。毫无食欲。我只想赶紧找到愿意跑一趟乌苏里的司机。我从驿站出门，沿着每天去江边的路线走到大路上，旁边就是一家包子铺，兼营租车。虽说早餐时间已过，可老板这时候依然有些忙碌，他在忙着擦他那两排出租的自行车。我站在老板旁边看他擦车。

老板边擦车边抬起头看我，他终于开口说了第一句话：“噫~你瞅我干啥嘞？”

我说：“你不瞅我，你怎么知道我在瞅你？”

老板停下手中的活儿看着我。空地上除了两排出租的自行车，还有一辆机动车，比亚迪轿车。我围着轿车转了一圈，问老板是否可以租车，我想去北红村和乌苏里浅滩。老板说可以租，我内心瞬间奔腾起一线希望。但是老板又补充了一句，他说不去北红村和乌苏里这条线路。至少这个月不能跑这条线路。原因众口一致——路太烂，危险。我没有再说什么，转身折返回走。刚走出两步，老板把我叫住。我以为他松口了，答应可以破例跑一趟。我一厢情愿地想美好了。结果是，他把我叫住，只是告诉我，如果需要租自行车出去玩，到他家租车，他可以给我优惠价。

回到驿站，我习惯性地纠结是否再多待一个星期，以便等待天气持续好转。这样我的计划只能拖到月底才能启程。李旭看我想了很久，他应该知道我没有找到愿意去北红村和乌苏里的汽车。他的建议跟我纠结的计划一样。他建议我再多待一段时间，或许有机会可以去北红村和乌苏里。我说在我能接受的时间范围内，北红村和乌苏里这条线路我一定要去。如果可能的话，我还要去珍宝岛。我答应过我的好朋友，我会去乌苏里浅滩，去珍宝岛，拍一些照片给她，她要给她爸爸看看这个她爸爸当年当兵随部队驻守的地方，也是她出生后生活了5年的地方。这个地方距离四川实在太遥远了，遥远到他爸爸已经几十年没能回来再看一眼。在开始这次长时间远足之前，我告诉我的好朋友，我要去东北，去最北的北方。她问我去不去乌苏里浅滩，我告诉她，在我的计划表里有这个地方。于是，她请求我去了多拍些照片。如果可以的话，还要我一定去一趟珍宝岛。我答应了。

李旭说除了等待，没有其他办法。于是，我陷入了一场等待当中。没有等来这条线路可以走的消息，驿站里却等来了两位客人——两个女孩子。我跟李旭说，千万不要安排客人和我同住一间屋子。李旭说，他就是想安排她们跟我同屋住，这样卫生打扫起来会方便很多。我把地图“啪”地扔在餐桌上，表示严重抗议。我希望他优先考虑我这个“老住户”的需求。李旭无可奈何地摇了摇头，只好把两个女孩子安排到了隔壁屋子。

这两位新来的客人让李旭舒了口气。在他所有的现实焦虑中，平时一个人的生活开支只能算一个很小很小的部分，如果驿站长期没有一个入住的客人，自然而然他的焦虑就会降低到吃饭的问题上。这是个很现实的问题。

又很残忍。

两个女孩子在北极村玩了一天后的第二天，李旭敲门把我叫起来。李旭告诉我，隔壁俩女孩子今天要退房，而他马上要出门买菜和购置生活用品，他担心客人退房的时候他还没回来，只能把我叫起来，让我帮他干一点零碎的事。嘱咐完，李旭就匆忙出门了。

我收拾完一切，隔壁俩女孩子起床收拾东西。碰面的时候，我们寒暄了两句，没有更多交集。半个小时过去了，李旭刚好回到驿站，俩女孩子收拾好东西到饭厅退房。一位个头矮矮的女孩子从包里拖出来两本书，递到李旭面前，表示要用书换住宿。李旭只好接过去。他的表情有一丝无奈和失望掠过。我坐在沙发上看着他们。都没有说话，直到两个女孩子背着背包出了院门。我一声叹息。李旭说，可以理解，这俩是典型的穷游。

我始终不明白“穷游”到底是个什么概念。虽然“穷游”只是一个概念而已。比如有些人为了吸引眼球，就标榜“穷游”，结果一路上又是飞机，又是生猛海鲜。我都被整懵了。李旭说，穷游就是花最少的钱走最远的路吧。我无话可说，因为这算是一些人当下的一种生活方式。

小顺子

过了几天，驿站里来了个义工，叫小顺子。他跟我一样，来自南方。不过我坐标西南，他坐标东南。小顺子18岁，个头儿早已蹿到了1米8。

跟着小顺子一起来的，有猛然袭来的寒意，还有连绵未绝的春雨。我总是被这种天气搞得措手不及。停烧了三天暖气，雨一下，又不得不重新烧煤。小顺子来的时候，我刚散步回到驿站。他站在院子的大门口抽烟，忍不住看了我很久。

我问他：“你看什么？”

他说：“看你脑袋。”

原来他压根儿就没看我，看的只是我的脑袋而已。

“没见过美女没头发呀。”我说完就转身进屋了。

饭厅的立柜上的十几本书，已经基本被我挨着翻了个遍。我抱着一种年轻人要多读书，免得人到中年身价9块9包邮的积极的人生态度和原则，连《中国地图》也不放过。我拿着地图册，坐在沙发上准备翻着玩，抬头看见跟着我走进饭厅的小顺子站在我斜对面，时不时地盯着我——的脑袋，然后又转而一直盯着我。我放下地图册，点上一支烟，也那么看着他。我想我的眼神应该有点犀利。跟我对视了几秒，他慌忙地把眼神移开。

这时候小顺子开口了。

“我也想去剃光头，可是我又舍不得我这么文艺的发型。”

“就你顶着的那一脑袋面条子你有啥舍不得的？”我说完，埋头继续翻地图。

“我这发型这么文艺，怎么就被你形容成顶了一脑袋面条子呢？”

“你在我面前这么自恋，就等于在侮辱我的审美和格调，明白吗？”

“……”小顺子站在我对面，无言以对。

我说："想剃就去剃，我支持你。"

日子并没有因为多了一个人有多少改变，唯一改变的是，小顺子那一头自称"文艺"的发型，转眼就被他跑到理发店剃成了光头。

吃了午饭，我拖着小顺子去之前我去过的那家卖包子的租车行。我想让小顺子陪我一起往最北哨所的方向走一走。其实，这种事我更喜欢形单影只地慢慢晃荡。可是，经过上次和老三谈人生时被狗撵的遭遇后，我的内心尤其阴影。

我们以押金50元，租金15元一个下午的价格租了一辆双人自行车。包子铺的老板依然操着那一口一张嘴全世界人民都听得出来的河南普通话告诉我和小顺子："这是因为你俩长得帅，才给了你们最低的价格。给别人的价格是20元一下午。"他边说边指着我俩的光脑袋。我拍着小顺子的肩膀，以一种45度仰望星空的姿势，望着小顺子的脸说："这年头靠脸吃饭，不容易。你必须要先舍得你那一脑袋头发，这样显五官。知道吗？"老板听我说完，一个劲儿冲着我俩笑。他边笑边说："噫~可不咋地。"我对老板摊了下手，说："没办法，就是帅。不过在你这儿似乎并没有多大作用。这么帅的两张脸，也就值5块钱的差价。"我对着老板装模作样地耸了下肩，然后推着车走了。

我和小顺子骑着自行车，穿过忙碌的工地，沿着江边往最北哨所奔去。翻滚的乌云压在头顶上，让人倍感压抑。我俩吃力地合力蹬着自行车，终于深刻地体会到一句真理——便宜无好货。河南老板的自行车，除了铃铛不响，哪儿都在响；除了刹车不紧，哪儿哪儿都紧。于是，这就成了不是自行车载着我们跑，倒更像是我们在拖着自行车走。

再次路过江对面的那座村庄，我透过一片空地指给小顺子看。

我说："你看，俄罗斯的依格娜恩依诺村。"

小顺子说："这个村庄好漂亮，而江这边的北极村相比之下，相形见拙。”

我说：“这话我憋几天了都没说，你倒是心直口快。从建筑格局上来讲，这哪里是‘拙’，‘拙’还可以有个‘朴’来对称。若用我们四川话来形容被挖翻了一遍的北极村，只能用‘烂翻翻的’来形容。”

从一开始，我和小顺子就一直认为，最北哨所应该是很个神秘的地方。当我们终于把自行车“拖”到最北哨所附近，视野所及，除了一座写着“最北哨所”的哨塔有些隐蔽地存在于白杨树林中，其他根本就没有什么神秘之处。

我俩齐齐抬头仰望着哨塔。

小顺子说：“哨塔上肯定有枪。”

我说：“我不想在这儿玩。我有死亡幻想症。”

小顺子盯着我，问：“你这是什么意思？”

我说：“就是幻想出的平白无故的意外死亡。换句话说，就是当你坐电梯时，你就会想到电梯会不会坠落下去，然后你就幻想自己一定就要死翘翘了。”

小顺子恐慌地看了我一眼，扶着自行车，慌忙地径自走了。我跟在他后面，跑上去。我俩骑上车，溜达，到了一片空阔清冷的地方。远处被耕犁过的土地，露出软绵绵的一片黑土地。若继续沿着江边走下去，就是传说中的圣诞村。然而这时我们继续“拖”着自行车往前走的兴趣却降到了冰点。我们决定折回客栈。小顺子不时埋怨骑这破自行车累得要死。我说骑出来容易，现在想到还要骑回去，真他妈的好痛苦。

我们终于把破自行车又“拖”回了租车铺。

回到驿站，雨淅淅沥沥地飘下来，看上去又将是一场没完没了的雨。自从小顺子来了后，我除了每天必须要解决的吃喝拉撒睡的基本需求，以及依然单调地看电影或看书的娱乐消遣，也就只多了一项偶尔可以瞎侃，但还不能称之为“聊天”的消遣方式。李旭说小顺子是最后一位太监。我说这个称呼倒是很顺口，还有些可爱。这是我对“小顺子”这个名字的肯定。

我和李旭总喜欢在平时保持沉默。而小顺子除了喜欢说话，更喜欢跟我和李旭谈人生。这让人忍无可忍。于是，我就把我和老三曾经走在江边谈人生惨被狗撵的故事讲给他听。我说这就是动不动谈人生的反面教材。俗话说，装×遭雷劈。这是真理。小顺子目光鸡贼地隔着眼镜片看着我。他很想反驳我。可他终于还是只问我老三是谁，我说是我的好朋友。小顺子的聚焦点很容易被转移，并且转移得很快。他又问我老三是哪里人，现在去了哪里，为什么我没有和老三一起在路上……这一切的问题他都充满兴趣。小顺子现在满脑壳里只有为什么，为什么，为什么，这到底是为什么。

我懒得回答他。他，太矫情了。

我已经被小顺子的无数个“为什么”搞得很累。那感觉就跟得了低血糖似的。

人生这个话题总是聊不下去，但是小顺子似乎特别喜欢把这个话题挑起来。我和李旭根本没有任何兴趣去接这个话题。对小顺子来说，这很惨。

我很感慨立柜上的那十几本书，那么寂寞地被搁置在那里。在我挨着翻阅它们之前，那上面铺满的一层灰说明极少有人去顾及它们。

我问李旭：“这村里商业那么兴旺，怎么就没有书店？”

李旭以一副相当有成就感的口气说：“我家里书最多，不信你从村东头走到西头问问去，你问问哪家有书？”

小顺子搭腔说：“这地方就是这样的吧？”

我转过头问小顺子：“你的意思是说别人这地方没文化呗？”

小顺子反问我：“这地方能有什么文化？”

我看着小顺子，说：“你莫得事，就趁着年纪小多读点书，不要一天到黑不读书，到处乱跑。虽说行万里路是好事，但是不读万卷书，你最多就算是个邮差。”

李旭垂着头笑，没有搭腔。小顺子明显有点不服气，但是也没再说什么。我感觉他开始对我有了积怨，就是一种因三番五次在语言上被讥讽而垒砌起来的一种黑暗情绪。

小顺子等待着爆发。

这无聊的一天又一天，除了对吃饭感兴趣外，我渐渐对当下的任何事物毫无感觉。我只感觉我的生命在消磨殆尽。在吃饭的问题上，我是属于那种特别积极的人，可我发现小顺子在吃饭这个问题上，比我积极好几倍。每顿饭，他都从人前吃到人后。他喜欢边快速地扒拉着碗里的饭，边夸赞李旭炒菜的手艺。除此之外，还有他那不停吧唧嘴的声音在整个屋子里盘旋回荡。我放下筷子，看着他的侧脸。小顺子吃得很投入，吧唧得很带劲儿，并没有在第一时间注意到我在观察他吃饭的神态。他很尽情地投入在大快朵颐当中。我用手拍了拍桌子，说“哎，哎哎”，他终于停下来，不知所以地望着我，显得有点茫然。

“爷们儿，你几天没吃饭了？”我的话中明显带有讥讽。

小顺子说：“我还在长身体。”

我揶揄地说：“你不吧唧嘴，你这身体还长不了啦？是这意思不？”

小顺子只是看了我两眼，埋下头继续扒拉那碗饭。这似乎毫不影响他的食欲。

晚饭后，我窝在沙发上翻地图玩，李旭坐在电脑前整理帖子，小顺子鼓捣手机。三个人有一句没一句地聊着天。小顺子问我最喜欢哪个地方。我说我暂时还没有最喜欢的地方。往往因为对一个名字的喜欢，我就会对一座城市充满一些想象。向往倒谈不上，只是想去看看而已。

没事的时候，我就翻地图寻找加格达奇。这并不难。掐指一算，我来来回回路过加格达奇有三次了，但每次不是睡过，就是毫无意识地飘过。我忽然动了想要离开这里的念头。李旭觉得我应该对接下来要去的那些地方有个大致的安排。我说，我要去内蒙古、北京、天津，下一站是加格达奇。李旭鼓捣着他的电脑，头也没抬：“你这不是走回头路吗？”他的意思是我可以直接从漠河到内蒙古。我有些犹豫，要不要再停留一些日子？

我们就这么心甘情愿地将心智沦丧在日复一日的无聊之中。无聊地交谈，无聊地掐架，无聊地干着一切只有无聊的人才干得出来的事。

难得的早上醒来，我侧过身子，掀开窗帘，窗外一派混沌，一片细雨落下的淅沥声。这让我顿时陷入一种莫名的、极其低落的情绪当中。我想出去走走，沿着黑龙江的上游。于是，我像精神病犯了似的，赶紧爬起来穿衣洗漱。

我撑着伞，走出驿站，村子在春雨中显得格外静谧。细雨打在伞布上的欻欻声，容易让人想起南方春雨那万物润无声的滋润。我想起了南方的春雨。我撑着伞，慢慢地穿过一片西伯利亚红松林区。在栈道尽头的空地上，立着一尊雕像——苏军上尉谢尔盖。在这片毫不起眼的泥土空地，只有驻足在这一尊雕像和看上去人为破坏过的大理石碑前，才知道，这里叫“友谊广场”。

大理石碑上的文字注释简洁明了。1958年，漠河北极村发生了一次百年不遇的洪灾，苏联人参与了抢险，并帮助救出了全村村民。苏军上尉谢尔盖在抢救村民时献出了年轻的生命。后来，北极村村民为了纪念英雄谢尔盖，就在江边铸建了一尊谢尔盖雕像。

谢尔盖的雕像孤零零地背对着奔流不息的黑龙江。经过了半个多世纪的时光和光怪陆离的周遭，一切的败落，这段往事的印记终究注定被渐渐冲淡。此时，四周寂无人迹，只有一群乌鸦嘶哑着嗓门儿，在头顶，飞来飞去。

我总是埋怨这个地方冷得反人类，冷得反科学，冷得连我计划动身出发的想法和劲头都被冻结了。可是，就在我怨气冲天的时候，清晨的风裹着阳光，透着一种柔和，扑面而来。渐渐地，到了正午，阳光刺目耀眼。这是我多日来简单又平静等待的日子。我想，阳光照耀的日子终于来了，寒冷也应该彻底过去了吧。当寒冷过去的时候，我奢望享受最多的依然是阳光。

天气真的是好起来了。接下来，我起床的第一件事，就是奔向院子里的秋千，荡啊荡，直到荡出晕车的感觉。总是乐此不疲。其实这简直就是一件无聊到令人发指的行为。

天放晴的时候，隔壁旅馆的老板就会悠闲地蹲在那一艘破铁皮船上，慢慢地干着一些修理的杂活。这样的画面让人有一种时光停滞的错觉。

趁着天气好，村里有自留地的人家就在自家院子里一遍遍地锄地。被翻得松软的黑土地，让人希望着。可是，李旭的驿站的自留地根本让人感觉不到一点儿朝气不说，简直有一种出门是春天，走进驿站门就是冬天的即视感。除了那遍地被雨淋得东倒西歪的枯黄的杂草，就只剩那么一点儿稀稀落落的葱。我不嫌弃那些稀稀落落的葱，至少它们还有点儿绿色可以让我希望着。

午饭后，小顺子和我无聊又倦怠地坐在两架秋千上抽着烟，有一句没一句地聊天。我问小顺子一个月义工完了后去哪儿。他说，北京。然后，我就跟小顺子把我在来漠河的火车上遇到老魏的事描述了一遍。老魏很想去北京。小顺子脸上表现出一种很难想象还有如此向往北京的人的表情。

我说："你不是也要奔北京去吗？"

小顺子说："姐，你要是先去北京，在北京等我哟。"

我抽掉最后一口烟，没有说话，起身朝饭厅走去。

小顺子在后边追着问："姐，你去北京干吗？"

我懒得回答。

他边跟着我边说："你一定要在北京等我！"

我转过头去，望着他："你真的好讨厌。"

院子里那一大片地被李旭分给小顺子去打理，因为这属于义工的工作范围。这个工作量比较大，要先用犁把杂草薅干净，然后铲一遍，把土地铲起来晒几天，等松软了，再用锄头把地上的土挖碎。

大约过了两个小时，李旭揉着惺忪睡眼，从屋里走出来。

我指着被翻过的一小块地说："房钱必须给我打五折。"

李旭说："不行，我这段时间就靠你这么一个人住的开支了。"

我又说："那必须吃一顿开江鱼犒劳我们。"

李旭说："成交。"

我扔掉铲子走了。

小顺子继续薅草，薅了一会儿，他懒散地坐在秋千上玩。一玩，玩了一下午。

东北地区的开江鱼，就是那种江里冰排跑完后，渔民私自打捞上来的鱼。当下正是早市卖开江鱼的季节。黑龙江里的开江鱼，普遍宽二指，长十厘米左右，全身白麟。开江鱼是抢手货，在北极村的早市上难得碰见，因为也就只有那么一个星期左右、早上7点到8点这个时间段有人弄来卖。如果在这一个星期的八点之前都赶不到早市上，那么这个季节基本上就跟开江鱼无缘了。

东北地区对鱼的吃法，我一直无法理解的是，鱼越大，卖价越高，反之，就根本卖不起什么价钱。南方吃鱼，主要是吃一个鲜。我想应该是东北地区吃鱼的做法决定了鱼肉的口感。东北地区对鱼千篇一律的烹饪方法，在我这儿，居然百吃不厌。

李旭自然用东北的炖法，做了一大盘开江鱼。我和小顺子以最快的速度抢完。

吃完开江鱼的午后，意外却来了。就我个人而言，就是一种无法自拔的、由天气带来的抑郁，劈头盖脸地袭来。阳光快速地消失掉，太阳挣扎着散发出最后一丝温暖后也悄无影踪。

乌云翻滚，狂风呼啸，我和小顺子呆呆地站在屋檐下，看着暴雨毫无征兆地落下，席卷起院子里那些并不明显的浮灰，空气中充斥着一种焦躁。雨落着，天空越发晦暗。云层压顶。豆大的雨滴捶打着头顶上的屋顶，噼里啪啦地响。我点了一支烟给小顺子，又自己点了一支。我靠在屋檐下的墙边，注视着院子里溅起的水花。空气中的浮躁很快逝去，接着一阵阵阴凉裹挟而来。我蹲下蜷缩着。小顺子若有所思地抽着烟，靠在墙边离我很近的柴堆旁沉默地耸立着。我仰头望了他一眼的时候，颈椎有些疼。

我抽了口烟，对他说："我决定要走了，我不想在这个地方待了，我想去看我的朋友。"

小顺子低头看着我。突然，一声闷雷滚过，这让我感到异常意外。我有些惊恐地抬起头，望着磅礴砸向大地的雨柱，说："春天都没享受到，夏天来了！"

夏天来了

夏天真的来了。

我们仨迎着夏天，终于即将迎来李旭的对象，和李旭对象的一个女同学。

出门前，李旭面露尴尬地拍着我的肩膀说：“丫头，预支我400块房钱，今儿我对象来，我要去漠河县城接我对象。”

我正在专心致志地“研究”中国地图，听李旭这么一说，我抬起头望着他，边掏着裤兜儿边开玩笑地说：“需要我和小顺子在家帮你整一个隆重的欢迎仪式吗？”

李旭有些揶揄地说：“你怎么变得这么能说？谁培养的？”

我说：“你不觉得我在你们东北待久了我这口头表达能力提升得有点快？”

李旭急了：“你……快点把钱给我，我要赶时间。”

我把钱递给李旭，然后扯起嗓子朝院子里嚎“小顺子”。小顺子正在荡秋千玩，听见我叫他，他穿着拖鞋啪啪啪地跑过来问我有什么事。我拉着小顺子的手，语重心长、如释重负地说：“小朋友啊，从今天开始，有人陪你玩了，你终于不用无聊到荡秋千玩，更不用无聊到找我俩谈人生了。”

我说完，继续埋头“研究”地图。

李旭给小顺子交代了一些家务后，背着包出门了。

李旭带着他的对象以及他的对象的同学在接近傍晚的时候到了驿站。我们相互打了个招呼，没有太多的话说。晚饭后，依然各自干着各自的事。

我喝了口啤酒，问李旭的对象：“你老家哪儿的？”

李旭的对象说：“山东。”

我说：“那我就叫你山东吧。”

我转过头问和山东一道而来的同学：“同学，你老家哪儿的？”

她说：“长白山。”

我说：“那你就叫长白山吧。”

山东和长白山是同班同学。长白山大学毕业前参加了公务员考试，准备参加工作。从来到北极村的第一晚开始，长白山就陷入了各种纠结和不安中——查分数，这是她考完试后每天必干的事情。相比之下，山东则幸福满怀，她每天的任务，似乎就是和李旭尽情地享受爱情。他们正处于火热的恋爱阶段。

人一多，每天吃饭就像是一场没有硝烟的战争。以小顺子为首，他一上桌子，就瞪着骨碌碌的俩眼珠子，使劲儿地往嘴里刨饭，一刻不歇地那么塞着，照旧吧唧个没完没了。如果我就小顺子吧唧嘴的事再次提出抗议的话，我想他一定会反复告诉我他还在长身体。我觉得小顺子能说出这种话，真不要脸。他明明身高都一米八了。小顺子一吧唧嘴，我就习惯性地停下来看着他吧唧。

我提醒他："你影响到别人了，你知道吗？"

小顺子又很不要脸地说："我这是拿大家当自己人，我才敢吧唧嘴的。"

我说："吃完饭滚远点儿，别让我们感觉误入猪圈了。"

小顺子没有再反驳。对他来说，吃饭这件事比任何事都重要。

小顺子继续吧唧嘴，我不再想去调侃他。

直到后来有一天，我发现，小顺子偷偷地用我的牙膏。我说："亲爱的小朋友，你能不能不要偷用我的牙膏？你能明着用吗？"

小顺子说："你别管我偷着用还是明着用，反正用了你牙膏，才能治疗吧唧嘴。"

我说："呸！太不要脸了！"

夏季旅游开始了。山东带着长白山每天去火车站接人。终于有一天，她俩成功地接来了一个女孩子住宿。回到驿站后，她们一聊天，竟然是校友，同级，只是专业不同。

新来的女孩子是长春人，我对她说："从今天开始，你就叫长春。"

如果再多来几个，半个中国都齐了。

长春考上了天津一所大学的研究生。她的性格不是很外向，可也不内向。自从长春跟我们所有人熟识后，她给我们所有人表达得最多的就是“希望你们以后去天津找我玩”。说得多了，就跟口头禅似的。

长春来的第一天。吃完晚饭，大家开始玩一种叫“刨妖”的扑克牌游戏，输了牌的喝一碗啤酒。我对于玩牌毫无兴趣。我充当的只能是一个凑人数的角色。人一多，我有点本能地想躲开这种氛围和环境。

我们推杯换盏到半夜，才各自散去。约定次日起床后，租自行车去最北点。

天气澄澈而高远。隔壁的大叔，仍然在修船，他总是让我感到有一种时光停滞不前的错觉。我们走向租车铺。河南老板正在修理着一些有毛病的自行车。

河南老板看见我走过去，显得异常惊讶：“哎妈呀，你咋还没走呢？”

我感觉就像他看见我诈尸了似的。我笑了笑说：“我们要租车。”

河南老板很洒脱地指着那两排自行车说：“噫，今天不收你们押金，直接把车骑走。”

我说：“你这破车卖谁谁要啊？”

河南老板大笑了几声，看着我们每人骑着一辆车，奔向江边。

江边的冰块还没有完全消融，七零八落、四仰八叉地摊在江水淹没不了的岸边。我们兴奋得一个个像个二×样，把车骑到七星广场边，一同望着江水。

我说：“这真是波光潋滟呀。”

长白山说：“万里无云啊。”

山东说：“青山绿水。”

没等我们感慨完，小顺子不屑地说：“发什么感慨，矫情。”

于是，小顺子骑着车，抛下矫情的我们，一溜烟地拂袖而去。

长白山说，小顺子太没风度了。

一行人骑着自行车在树荫婆娑的路上。一切都是那么安静，祥和又欢快。

来到江边，我们丢下自行车，跑到江滩上捡石子儿，接着爬到一垛垛巨大的冰块上，凿冰玩，还当冰棒舔。小顺子说这叫“青春冰棍”。

我指着小顺子对大伙儿说：“这才叫矫情！”

我们就那么傻了吧唧地矫情地坐在江滩上，不亦乐乎地吃着“青春冰棍”，各怀心思望着黑龙江水亘古不变静静地流淌着。

坐着吃完冰棍，我们接着骑车绕了很大一圈，精力旺盛地冲上草地上的栈道。骑在最前面的小顺子突然刹车，指着草地上惊呼：“看小松鼠！”

他话音刚落，我们就看见小松鼠惊慌地逃掉了。

这一下午，我们就这么骑着车，骑了很远很远的路，肆意挥洒着狂欢，一遍又一遍地骑行在略显单调的江边。

晚上回到客栈，喝酒，李旭建议我们趁着天气好，明天包车去几十公里外的观音山北灵寺看看。

长白山每天的任务依然是查分数。终于等到了分数公布，她计算着自己和第一名的分数差，0.15分，第二名。接下来，她要干的事，就是望眼欲穿地等着去青岛面试的通知。小顺子说这是个好消息。为此，他跑去小卖部搬了两箱啤酒回来。

初夏的夜晚已经不那么冷了，可我仍然穿着小棉袄。我们坐在院子里的地上喝酒，仰望着银河横跨星空，没有人说话。整个世界宁静安谧。小顺子躺在院子里，发出一声声叹息。浩瀚的星空笼罩着大地。我们被震撼着，同时也忍受着小顺子发出的噪音。

我说：“小顺子，你这是属于噪音污染，懂不懂？”

小顺子不再叹息了，改为唱歌。他挨着长白山，爬起来，半躺在地板上，扯起他那一口广东普通话开始唱许巍的《星空》。小顺子的心理素质真的很好，大家带着凝重的表情齐刷刷地看着他。终于强忍到他五音不全地把第一遍的副歌部分唱完，我就赶紧伸出一只脚朝着小顺子蹬过去："够了够了，差不多就行了！"可他依然忘情地唱着"我的姑娘，我的姑娘，我不知对你再说些什么……"我忍无可忍地爬着挪移到小顺子的身边，挥着手，准备扯住他的衣袖制止他："你还唱？哎哟你还唱？"长白山和山东看着我亡命地爬过去企图去撕扯小顺子，长春赶紧爬起来，拖着我的脚，把我往后拖。长白山则把小顺子往相反的方向拉。长白山边拉边说："小顺子，你不要再自恋了，求你了，我们已经受不了啦！"我趴在地上越拽越起劲，小顺子越唱越起劲，唱得很开心。他反复地唱着"我的姑娘，我的姑娘，我不知对你再说些什么……"这时候，我停止了拽他，山东也停止了拽我。我们停下来集体听着他到底能反复唱多少遍"我的姑娘，我的姑娘，我不知对你再说些什么……"

我喝了一口啤酒，说："你告诉你的姑娘，你已经在仗'贱'走天涯的路上。"

李旭听罢，一口啤酒喷出去。

过了一会儿，我抛下众人，兀自回到饭厅，坐在凳子上，取下眼镜，望向窗外。我看不见他们的身影，犹如我现在不想让他们看到置身事外的我一样。听着他们的玩闹声，我突然感觉，他们竟那么年轻。我静静地坐着，回忆着我那些并不美感的岁月是否存在过那么朝气的曾经。我回忆着每个阶段不同的自己，可又回忆不出曾经的自己。我慢慢觉出每个阶段似乎都有相同的一点，那就是沉郁。想到这些，我再一次感到不知身在何处。突然，我很想念我的朋友。老三已经回到北京。今天是她期待已久的许巍演唱会。

这种茫然忧虑的情绪跟着我滚滚而下的泪水，水涨船高。

我独自在一边，流了一脸的泪。

翌日，按照计划，我们包车去观音山北灵寺。李旭一个人留在家中，准备晚饭。

出村后，扑面而来的一切景象欣欣向荣。大兴安岭正值春天最美的时候。这让我突然感到很慌张，羞愧于自己竟如此喜欢“自认为”，自认为这里不过如此。我差点错过了这一场最北方的春天，这个真正的春天。从出北极村大门开始，满山的映山红竞相开放，整片林区红绿相间，层次分明。林间轻烟袅绕。

安静地坐在车上，一路看着车窗外掠过的风景，不厌其烦地听司机不停地说话。司机对我们每一个人都充满兴趣。为了显示起码的礼貌，坐在副驾上的山东，不得不时不时地接话。

走高速，很快到达观音山。下车，我们徒步爬到北灵寺。从宣传海报上看来，这应该是新建的寺院。除了林间偶尔飞过的鸟，此处没有任何能发出声音的东西——当然，除了不远处的挖掘机。整个寺院显得很萧条，香炉里的香灰应该是很久以前燃烧殆尽的。空旷的山顶，有一尊很高的三面观音像。周遭虽说有些萧条，但整个气场显得庄严殊胜。

一路沉默着，大家绕着观音像转了几圈，转着转着，忽然发现小顺子转没了。我们四处张望，寻找小顺子，结果发现他已经跑到三面观音像的最底下。我们齐刷刷地趴在栏杆上看着他，只见他“啪”地跪下去，又“砰”地磕了三个响头。

北灵寺的占地面积很小。逛完所有角落后，下到半山腰，走到司机等我们的地方。上车。司机提供的路线安排是，接下来去胭脂沟，然后走207省道回村子，顺道带我们挖婆婆丁。

我觉得胭脂沟这名字带着很浓的风尘味。

我问司机：“胭脂沟是哪里？”

司机说：“以前埋妓女的地方。当地人也叫妓女坟。”

我又问：“既然是坟场子，为什么还要去？”

司机说：“多了解一些总归是好的吧。李金镛祠堂更要去看看。”

车子很快把我们载到了胭脂沟。此地有些荒无人烟的气息。司机指着远处一片裸露的河床说，那里就是当年挖金矿的老金沟。在前清，这里是开采金矿的胜地，很多妓女闻风而至。后来，就没有了后来。直到现在。

我问："这个地方是怎么被发现的？"

"在上个世纪，有个人路过这片林区，由于雨后路滑，不小心跌倒在小路边，刚站起来，一只脚下去就踏了个空，脚下随即出现了一个小洞口。这个人就顺着小洞口挖啊挖，挖出来一个首饰。接着挖，又挖出来一些耳饰和其他饰品。从此这个地方就被发现了。"司机停顿稍许，接着说，"当年在此营生的姑娘不幸死后，就被姐妹们用凉席裹着埋在这里。姐妹们把死去的人生前用的饰品通通包裹上，算是陪葬。"

我抽了口烟，说："这个地方，太让人悲伤了！"

又走了一段路，车至李金镛祠堂。司机继续给我们介绍那一段历史。那些充满目的性地人为"美化"出来的历史人物，让我觉得一刻也不想在这个地方多待。

眼看着逛得差不多了。我说："走吧，这里磁场不对。"

司机开车往回赶，穿行在大兴安岭深处，路过一个叫"老金沟"的被废弃掉的铁路站。夕阳的余晖打在丛林间。我们在此下车，跑向路边。在十几分钟前，大家还沉浸在一种难以言说的伤感当中，此时似乎已集体阴转晴。我们欢快地使用各种工具、各种手段撬着路边的婆婆丁。

司机说："别连根拔起，你们得为我明年留点儿根呐。"

我兴奋地说："今儿晚上又多了一道菜。打电话让李旭把酱炸好。"

没用多少时间，挖了一大口袋的婆婆丁，我们心满意足地慢慢走在这条被废弃的省道上。悠闲地感受着夕阳打在林间，又影影绰绰地照在脸上。暖暖的。

我问大伙儿："这就是大兴安岭？我觉得我在做梦。"

长白山很肯定地回答："这就是大兴安岭。我们在大兴安岭的深处。"

我掩饰不住激动地说："我终于站在自己小时候课本学过的地方。大兴安岭啊，我小时候就很向往。"

我的话音刚落，大伙儿转过身来看着我。

长白山问我："怎么样，美吧？"

我干咳嗽了两声，说："我不好回答这个问题。小时候课本上描写的大兴安岭的四季，那简直只能用'美爆了'来形容。"

长白山说："那不是大兴安岭，是《美丽的小兴安岭》。"

我说："反正都一样，都是森林，都是大兴安岭地区。我记忆最深刻的就是什么春天啊，小鹿在溪边散步啊；夏天开满红的白的紫的野花啊；秋天更美，简直就是令我向往的天堂，什么山葡萄、榛子，还有蘑菇，哎呀吃货心里美翻了；冬天又是黑熊又是小松鼠。我小学上了六年，很多课文的内容都没记住，就只记住了这篇，简直印象太深刻了。当时学完这篇课文，我就瞬间沉迷于一种向往当中。到现在，我好不容易活了26年，这回坐了这么多趟火车，来回地穿梭在大兴安岭，竟然没有了感觉，哎……所以，我只能站在这个春天里忧伤。让我感到一丝安慰的是，这个春天里除了婆婆丁，还有草爬子。"

说完，我一步步地，跳到路中间，朝着四周嚎了两嗓子，一群鸟儿闻声惊起。

回到客栈。李旭独自一人在准备晚饭。趁着夜幕还未降临，我想一个人出门走走。出院儿门，左转，再右转上去，就是圣诞邮局。走到这个地方，我想起了老三，想起了云老师的那首诗歌《你从南方来》。我慢慢地走着，边走边背诵最后一段："你从南方来，当你站在最北的北方，迎着北极来的风，假如那一刻你还足够坚强，请用油菜花般的温暖，碰碎北方满目的荒凉……"

街上陆续有烧烤摊开始营业。夜幕下的晚风平地而起，席卷起街面上的泥灰。风已不再凛冽，变得有些柔和了。在这个中国最北的村镇上，所有的一切都是"最北"。从村子的这一头走到那一头，就会发现整个村子有相当可观数量的“最北”——“最北一家”、“最北一店”、“最北哨所”、“最北邮局”、“最北服装店”。就连中国联通的信号站上面也贴了硕大几个字，赫然醒目——“最北一站”。这是个有趣的现象。

路过邮局，我绕上村里的主干道。车来车往的路上没有见到其他游客。我窜进一家商场，买了一条烟，付完账，转身离开的时候，老板叫住我，要我还得补给他20块钱。

我很疑惑，问他：“这烟不是100块钱一条吗？”

老板说：“这烟120块一条。”

他没有再多说一句话，意思是全国100块一条，他这里要120块一条。我掏出20块钱给他，然后走出商店。我没心思去跟他理论，也没必要。绕了一圈，我回到驿站，一群人已经准备好晚饭。

李旭看我拿着一条烟回来，或许出于下意识地问道：“烟买成多少钱一条？”

我说：“120。”

李旭显得很淡定，他告诉我，以后买烟，让他帮我去买。因为别人看我是游客，自然卖的是游客的价格。

给李旭的对象过生日

大家围桌而坐。我挨个儿给一桌人倒了杯酒，说了几句算是辞别的话。这让大伙儿感觉很突然，不知道怎么来接话。众人默然半晌。山东首先打破了沉默，她要我再留两天，一起玩。我只能说，我还有我的路要走，我要赶去北京，老三还在北京等我。李旭显得有些词穷，不知道说什么好。我说，我最大的敌人，就是时间。

我立即感觉说这话有点矫情，却难掩悲伤。

时间确实是每个人最大的敌人。

我举着酒杯，但没人跟我豪爽地“走一个”。我看着他们，他们也齐刷刷地看着我，七嘴八舌地挽留我。我半开玩笑半当真地说，要我留下来，给我个理由先。李旭很干脆地说：“明天我对象生日。”这个理由不好拒绝，我不好再说什么。

我喝了口酒，然后说：“我靠，犟得天翻地覆的金牛座。”

我同意再逗留一天。等山东过完生日，我就启程。

自从老三回到北京，她就一直在北京等着我。在和我见面后，她要只身出发去西北，再从西北进入藏区。我不能在北极村待得太久了。小顺子依然对老三充满兴趣，他又问了一些关于老三的问题。之前他的所有的“为什么”，我一个也没回答，现在更不想回答。对老三感兴趣的不止小顺子一个人，还有山东、长白山和长春。但她们只是问我老三是谁。李旭替我回答了。他告诉她们，老三就是和我一起从哈尔滨来到漠河的一个小伙伴。这时我才补充了一句，我说老三对西北感兴趣，而我目前对东北感兴趣。我和老三都有各自的路要走。说起来万千感伤。

晚饭没有喝多少酒，倒是说了很多无关紧要的话，后来几乎都是在听小顺子说话。

“我最崇拜的人就是我爹。就一点，我爹就足够让我崇拜了。爹年轻的时候吸毒，后来在家他竟然把毒戒掉了。爹现在喜欢喝酒，一天两顿，可是一喝多，就对我妈脏话骂尽，反正什么难听就专挑什么骂。久而久之，我妈也就逆来顺受了。”小顺子说到这里，停下来看了大家一下，接着说，“爹经常喝完酒不仅骂我妈，若是哥哥妹妹在家，一个都不能幸免。在这一点上，我从小就感到很苦闷。”

李旭插了句嘴：“你现在还小嘛。”

这时，小顺子忽然转换话题，问起我们几个人的家庭情况。李旭说他的家庭再正常不过。长白山、山东和长春的家庭也是再正常不过。我说我的家庭还好还好，说着我笑了一下。小顺子问我，“还好”是什么概念？我说我爸不会乱骂人。当然，我妈也不会乱骂人。

小顺子继续说他的故事，说得好像灵魂都千疮百孔的。我们被小顺子的负能量分分钟强行影响着。我们强忍着睡意，昏昏欲睡地听他滔滔不绝地述说成长史，而且我们还必须装作很认真听的样子，时不时还要点下头，“嗯”两声表示同情。小顺子继而从自己的成长史说到梦想。小顺子的神态有些如痴如醉。他说他的梦想就是要在2015年走完十个国家。他的这个梦想顿时让我肃然起敬。我感觉瞌睡醒了一半，酒完全醒了。我说哎妈我们每个人必须再喝一瓶啤酒对小顺子的梦想表示祝贺。山东“嗖”地起身，去墙角给每个人开了一瓶。长白山和长春喝得有些痛苦，不知道她俩是不胜酒力喝晕了，还是实在难抵睡意。李旭亲密地搂着山东。他打着哈欠，心力交瘁地等待着这场已经持续了快五个小时的晚饭散场。

我对小顺子说：“好了，明天接着听你的梦想，今晚大家先睡了。”

我刚说完，长白山和长春就迫不及待地起身离开饭桌。

这时，小顺子对我说：“我们一起睡觉好不好？”

我“蹭”地站起来，不知所以然地看着他。已经转身离开的李旭和山东又转过身来，惊讶地望着小顺子和我。

我有些怒意地问小顺子：“你说啥玩意儿？”

小顺子瞬间有些慌张，赶紧解释说：“不是这个意思。我的意思是我们睡一个房间，我睡上铺，你睡下铺。这样我俩可以接着聊天。”

我松了口气：“你十八九岁的人了，能不能把话说清楚？”

小顺子意犹未尽地想让我继续跟他聊天，他说：“我去你房间把你的被子抱过来。”

刚说完，小顺子就“嗖”地冲出饭厅。等我回过神来，他抱着我的被子又冲回了饭厅，继而冲进了他和长白山的房间。我走到他俩的房间门口，小顺子正在铺床。我叹了口气，以为这一场小顺子的“生命历程研讨会”终于散会，但事实是我想美好了。长白山已睡着。我躺在床上，小顺子睡在我的上铺。他把脑袋耷拉在床沿上，又开始了新一轮的话题。

小顺子对我说："你到了北京，就在北京等我，这样我们又可以一起玩，反正大家都要到北京嘛。"

我躺着，睡意昏沉，或许是有些醉意。迷迷糊糊地听小顺子说话，迷迷糊糊地感觉很久很久没有这样睡过上下铺了。印象深刻的是，在世界高城的那一夜，理塘，那一夜是中秋节，我睡在上铺，二哥睡在下铺。我很怂逼地问另一个小伙伴烧烤好不好吃。二哥就在下铺用脚蹬了一下我的床板。他说："睡觉。"

我迷迷糊糊地回忆着。我对小顺子说，睡觉。

一夜无梦。

早上醒来，小顺子听见我翻身的动静，就又把他那光脑袋耷拉在床沿上。我有些好奇地望他一眼。他很埋怨我昨晚上倒床就睡的行为。

我说："大晚上不睡觉干什么，难道我俩还能干点什么？"

醒来的长白山听我说完，没忍住大笑。

小顺子欲言又止地看着我，一直看。他终于忍不住对我说："跟你说话，真是太心塞了！"

山东今天生日，我们都比平时起得早一些，各自忙活着一些零零碎碎的事。长春洗晚上涮火锅的菜，李旭在网上找做生日蛋糕的方法，小顺子出门买酒和饮料。

简单的午饭后，我们慵懒地扎堆儿在沙发上，看书，聊天。这时，一个提着大包小包的小伙子破门而入，大家集体把目光投向他。

小伙子进门就问："还有没有房间？"

我们异口同声地说："有有有，单间、六人间、双人间都有。"

小伙子说："给我登记个六人间的床位。"

小伙子在房间收拾妥当，来到饭厅，自来熟地指着我的电脑问：

“请问，我能不能用一下这台电脑。”

我说：“不行。”

他又指着另一台电脑问：“那一台我能不能用一下？”

李旭看着他，慢条斯理地说：“可以。”

随后，小伙子就在电脑上忙活开了，登录QQ，忙碌地在QQ上和人聊天，边聊边笑。这让我们情不自禁地去关注他。他忘情地投入在网络中与他人交流，举手投足给人感觉有些怪异。用我的话来讲，他要么是从牢房里放出来的，要么就是从精神病院跑出来的。这让长白山、山东和长春感到有些害怕。她们仨神情有些紧张地看看我，又看看李旭和小顺子。

半小时后，小伙子终于从电脑中把注意力转移出来，他指着我的手机，问我：“姐，我能不能玩儿一下你的手机？”我边审视地看着他，边跟他说：“除了微博你不能打开，其他都可以玩。”小伙子接过手机，流露出一种好奇和兴奋，对手机里的任何软件都非常感兴趣。他用软件搜歌，大声地播放，还旁若无人地跟着唱。网络歌曲听得我鸡皮疙瘩起一身。长白山、长春和山东目不转睛地盯着他，表情依然有些紧张。我忍无可忍地掏出耳塞，递给小伙子，说：“爷们儿，能用耳塞听吗？”我以为这样他就会很知趣地把手机还给我，可是，他竟然带着云淡风轻的表情，欣然接受。他伸手接过耳塞，说：“好吧。”

我点了支烟，给小伙子递过去：“爷们儿，从哪儿来的呀？”

小伙子接过烟，摘下耳塞，说：“山东。”

我“哦”了一声。

小伙子接着说：“我是船员，一年到头很难得在陆地上。我只要回到家里，我爸就要我换工作。我除了在船上混，就没其他本事了。前不久，我刚回家，就和我爸吵了一架，我他妈赌气就出来了。”

我说：“你这地方选得真远呢，咋就‘咔’地来到北极村了呢？”

“我也不知道。我到了火车站，问售票员有没有最远地方的车票。他妈的，售票员就给我打了一张到哈尔滨的。我觉得哈尔滨也不算远。

然后别人告诉我，到了哈尔滨就可以到漠河，这个地方就远。再走下去，就他妈的到俄罗斯了。我当时拿着票一看，那就先到了哈尔滨再说。”小伙子停顿了一下，似乎在思考什么，接着说，“姐，这里有没有打工的地方？我想去干活，只要包住就行。”

我说：“北极村这么多工地，应该可以找到活儿。”

小伙子信心满满地说：“我明天下午就去工地上看看，看他们需要不需要人。”

吃晚饭前，船员小伙子单独外出。他出门之前告诉我们，他要出去逛逛。而我们似乎没有人在意他要到哪里去。世界那么大。

一顿让所有人大快朵颐的火锅过后，李旭端上来一份蛋糕。这是他用电饭锅蒸出来的蛋糕。这块本身圆形的东西，端上来之前被他用菜刀切出一个全新的造型。他说这是他切出的“心”形。可是我觉得，像内裤。蛋糕上还被李旭插了一朵映山红。

山东许完愿，我们开心地瓜分掉这块“内裤”。在我看来，这蛋糕除了造型有点让人揪心外，其他的一切都还好。

到了晚上，我们一箱一箱地喝着酒，仿佛这些酒有浇尽北方满目的苍凉和灰茫的力量。这种力量慢慢地被转化成各种不同的情绪。

在推杯换盏中，有人发现长春不见了，屋子里的灯光有些暗淡。大约十分钟后，我们在沙发的一个角落发现了不胜酒力的长春。她显得很伤心，兀自哭得梨花带雨。在长春断断续续的倾诉中，我们明白了原委。长春说，她暗恋他们学生会的一个师哥接近四年，大学快要毕业之际，长春憋不住话了，她告诉她的几位室友，自己心里很纠结，到底要不要去表白。几位室友一致鼓励她去向师哥表白。室友们认为如果这样白白地错过将会终生遗憾，并且这显得整个四年的大学都白上了。于是，长春就去了。结果可想而知。人家师哥只是充满骚情地用手扒拉了一下头发，甩了一下头，跟她说："妹子，干啥呢你这是，人家可是一直拿你当妹妹的。"这下好了，大喜导致大悲。长春一个人回到寝室，偷偷地哭了至少三天三夜。

好在这一夜只有长春一个人醉了。她倾诉完，便靠在我身上号啕大哭起来，哭得没劲了，转成梨花带雨地哭，后来估计哭累了，变成了啜泣。又过了一阵子，她倒在沙发上进入酣睡状态。我们终于松了口气，坐在屋子里又聊了一会天，各自回房间睡觉。

对于时常失眠的人来说，莫大的痛苦就是还没来得及睡着，已经天光大亮了。

离　别

我翻身起床，洗漱，收拾衣物。自从老三离开后，我发现自己的拖延症这种原本无药可救的病竟然不治而愈。我遵守我的承诺，山东过完生日，我就离开。没想到，跟着要离开的还有长春。我和长春在房间里各自收拾着东西。

我和长春来到饭厅，看见了小顺子和长白山。听说李旭起了个大早，带着山东出门去诊所打点滴。就在这时，那个船员小伙子仿佛从天而降，神奇地出现在我们的面前。我们都十分好奇，他昨晚一夜未归，去了哪儿？

小伙子打着哈欠说："我一个人去练歌房唱了一晚上歌。"

我们集体那佩服的眼神啊，再一次齐刷刷地投向他。

我带着长春去外面吃早餐，让小顺子和长白山在饭厅里等着。我和长春出了院子大门，径直走向那家租车行。老板两口子忙碌地穿梭在铺子里。老板看我走进来，又是先"哎妈"了一声，依然表情很惊讶地看着我，那感觉不像是诈尸，像是我还魂了。

老板边看着我，边抬起沾满面粉的手来回指着，问：“你还没走啊？”

我淡定地说：“中午走。”

老板以挽留的口气说：“你在这里住多少天了，为啥要走呢？你就在这里待着，别走了，回头我在村子里给你说一门亲事。”

听老板这么一说，我笑了两声。他又充满感慨地说：“噫，我还以为你走了嘞。”他很感慨地把那声“噫”的尾音拖得很长。

我和长春就那么在老板不断的“噫”过来“噫”过去的感慨声中啃着包子，喝着小米粥。不知道他“噫”了多少遍。我吃完早饭，跟他开玩笑说：“噫，弄啥嘞？”他转过头来看我一眼，和我拉起家常，爹妈多大年纪啦，身体好不好，是干什么工作的，成都的消费水平高不高？问完这些，他话锋一转，把话题扯到“地震”上。好在这个总是令人悲伤的话题很快被另一个话题敷衍过去了。

我起身，提着一口袋包子，领着长春离开了。身后包子铺里的音响传来苏芮的歌：“长路奉献给远方，玫瑰奉献给爱情，我拿什么奉献给你，我的爱人……”

快12点了，李旭带着山东赶回驿站。动身去车站之前，李旭提醒我再看看还有没有什么东西没带走，不要遗落。

我想了想，说：“没有什么没带上的了，除了我那一头长发。”

船员小伙子一直站在边儿上看着我们，看我们相互道别，相互开玩笑。小顺子请船员小伙子帮忙，给我们拍一张合照。我们站成一排，拍完合照，我看着照片，终于觉得自己竟然跟他们一样充满朝气。

李旭和小顺子帮我和长春扛着东西，出门去车站。

大兴安岭的初夏，尽显出春天应有的蓬勃朝气。正午的阳光打在大地上。隔壁的大叔似乎永远不停地在修着船，他拿着榔头在船的边角上敲啊敲，有节奏地发出一声声哐哐当当的巨响，就像个大钟摆，发出的声音不断地回荡在整个村子的上空。

李旭带着小顺子、山东、长白山三人，把我和长春送上出村的大巴车。他们站在原地，看着大巴慢慢地倒出停车位。小顺子站在长白山身边，山东和长白山相互搀扶着。他们脸上的表情渐渐地由刚才的嬉笑变得有些悲伤。我看了一眼窗外的他们，又赶紧转向车内，面对着长春说："妈呀，他们快转过身去吧，我根本受不了这幅画面。"长春始终望着窗外，她向他们挥手，直到大巴车开走。

向前奔驰的汽车把北极村抛在了身后。把我与世决裂的孤独，同样地抛在了身后。

在漠河火车站，我和长春买了同一趟车次的车票。一夜之后，我将在次日早晨7点到达加格达奇。长春则要等到次日晚上才能回到学校。而且我俩，不在同一个车厢。

傍晚接近7点的火车。我带着长春去火车站斜对面的鸿运旅馆休息一下，不然这一下午我们无处可去。旅馆老板两口子自然还是记得我的，只是那时我是满头长发，现在变成了光头。老板两口子边给我和长春登记，边跟我拉家常。老板夫妻俩对我形象的变化并不是太感兴趣，他们感兴趣的是我的工作和月收入。

把长春安顿好后，我走出房间，来到旅馆大厅边一个很逼仄的堆满食品的小房间，看着老板就像刨垃圾堆一样，给我刨矿泉水。他边刨边和我聊天。他觉得我应该是个老师，并且坚定地认为，老师的工资特别高。"你们一个月得有四五千吧？"还没等我回答，他指了指我和长春住的房间，接着问，"那是你学生？"

我回到房间，和长春聊天。我跟长春其实也没什么可聊的。像长春这种学霸，她除了告诉我，她很期待去天津读研究生和她的专业外，已然无话可说。出村后的一路上，她已经把这个话题至少重复了三遍。

我只能一遍又一遍地祝福她。无话可说。三言两语聊完，我打算酣睡一觉。这时，长春起身，打开一直挂在她脖子上的小包包，掏了30块钱递给我。

我说："你自己放好吧。"

长春迟疑了一下，说："姐，你以后到天津来找我玩。我在天津工业大学。"

我笑了笑。

上车的时间到了。我和长春在渐渐拥挤的车站分别。我感觉她像是有什么话要说。火车的汽笛声拉得很急迫。

长春爬上火车，站定后，转过身来跟我说："姐，你到了天津，一定要来学校找我玩。"

我说："好，知道了，工业大学。"

我向她挥挥手，转身离开，急速走到13号车厢。

5分钟后，火车开走了，轰隆隆的。我闭眼躺在卧铺上。绿皮火车迤逦穿过大兴安岭的黄昏，又渐渐驶入大地的一片黑暗之中。

剃发后，站在黄昏下。

春天的北极村。

又回到53° 半青年驿站。

53° 半青年驿站，黄昏下的秋千。

北极村的山峦与田野。

北望亚口广场。

北望亚口广场边的中国138号界碑。

北望亚口广场的指示牌。

通往圣诞村的小路。

通往最北点的途中。

北望亚口广场，中国北极点三角碑。

北极哨所。

苏军上尉谢尔盖雕像。

通往圣诞村的路边。

中国最北交通标志。

我找到北了。

离别合影。从左至右：李旭、山东、长白山、我、长春、小顺子。

解冻的黑龙江。

通向大兴安岭的小路。

加格达奇

在去往加格达奇的夜车上，我迷迷糊糊睡了一宿。

早上七点左右，列车随着汽笛声慢慢地有节奏地驶入加格达奇。这时，卧铺车厢里的男男女女扎堆地在讨论国际话题。我认为今天我听到的这个国际话题算是比较接地气的。他们在讨论到底是奥巴马帅，还是普京帅。当然，直到列车到站，他们都还没讨论出结果来。

我实在太喜欢加格达奇这个名字了。可是，我眼前的焦虑就是去哪里找酒店。我瞬间在脑海掠过一丝有些贱的想法——要是老三在，这根本就不算是问题。

最终，我在加格达奇火车站旅馆住下了。旅馆的一楼是火车站员工食堂，也对外营业。二楼和三楼全是客房。这家旅馆浑身散发出一种上个世纪的气质，好在很干净。这一点安慰至少可以抚平我初来乍到一个陌生之地的不适应感。

上午，我在房间睡了一觉，醒来错过了午饭时间。我下到一楼，跟食堂负责煮饭的老太太要了一份青椒炒肉，一份豆腐汤。我问有没有米饭，老太太回答得很干脆，没有。她告诉我，这儿的人都喜欢吃大碴粥（整粒玉米熬的粥）。她递了一个比我的脸小不到哪儿去的馒头给我。

我专心地啃着馒头，吃着青椒炒肉，竟然有一种大快朵颐的快感。老太太一直坐在我身边，没有说一句话，只是带着一些怜爱的神情目不转睛地看着我吃。当我把最后一小坨馒头塞进嘴里，老太太终于说话了。

她说："哎妈呀，出家人哪，咋还吃肉呢？"

我呆呆地望着老太太至少有三秒，还没来得及回答她，她一脸慈爱的目光接着问："你老家哪儿的？"

我说："成都。"

老太太随即陷入一阵若有所思的神情当中。她若有所思地想了很久，又开口问我："成都在哪儿？"这个问题似乎好像该我"若有所思"了。我告诉她，成都在四川，是省会城市，就像加格达奇是大兴安岭地区行政公署所在地一样。老太太"哦"了一声，表示听懂了。

这时，老太太补了一句："我70多岁的人了，连加格达奇都没走出去过。"

我没有说话。老太太的谈兴正浓，各种问题接踵而来。比如，她问我爹妈是干吗的，农村人还是城里人……好在老年人问我这些问题，我不反感。想着午饭后我也没有什么事可做，我在这个城市注定无所事事，所以我安下心来不慌不忙地跟她说说话。可渐渐地，我发现自己似乎做了一个错误的决定。老太太问完我爹妈的情况，就开始跟我讲她自己家的故事。她的话题简直是要宽度有宽度，要长度有长度——从新中国成立前聊到新中国成立后，从她的大儿子聊到她的小女儿；从小女儿的工作，又聊到大儿子的女儿，等等。老太太给我展示的是一幅家族史诗般的宏大画面呀。老太太没完没了地说着，我还不得不看着她兀自地说着，我偶尔还要点一下头，表示自己一直在认真听。这时候我已经听得那种"低血糖"的感觉又骤然袭来了。我当然不能说老太太您不要讲了，我不想听了。这样既不礼貌，又很残忍。我只好悄悄算计着找个理由溜掉。

我告诉老太太："我要解决内急。"

老太太问："什么？什么内急？"

我说："老人家，我想上厕所。"

我做出一副快要被内急憋出尿毒症的痛苦状，边起身，边往外走。老太太还坐在那儿，她扯着嗓子说："你要是无聊了，记得来找我说说话。"

从食堂溜掉后，我懒散地晃荡在大街小巷。这时候，我只有一个感觉，加格达奇这个城市很干净。可能是终于走出了村镇，走进城市的原因，我显得很激动。我激动地掏出手机，给远在成都的一个兄弟拨了个电话。这时候，我的行为完全被内心的阴暗所操控了，我想到此刻他正在苦逼地上班。于是，我操着川普故意对我兄弟说："（你）晓得不喃，加格达奇真的好干净，好漂亮哟！"还没等对方反应过来，我就挂掉了电话。稍后，我收到了我兄弟发给我的短信。我数了数，他的"问候"只有七个字——"你是傻×不怨你"。

闲逛也是费体力的。我决定用坐公交车玩的方式来解决两只脚闲逛费体力的问题。我找到一个公交站台，只要来一辆公交车，我就跳上去，从上车的站台一直坐到终点站，再从终点站，坐回到我上车的地方。

我上了一辆开往城外农村的公交车。这时候，外面滴滴答答地飘着小雨。五月下旬了，我竟然还穿着中式对襟小棉袄，很明显，我又被像围观大猩猩一样让别人围观我。不过我的原则一直都是——别人又不认识我，我不在乎。这一路，我从城里游荡到城外，又从城外游荡回城里。这么大半天就在我晃晃荡荡地消磨时光当中接近尾声。下了公交车，我穿过火车站广场，走进火车站售票厅，买了一张第二天早晨从加格达奇到海拉尔的硬座票。然后，我去超市买了些零食，还有一小瓶二锅头。

夜幕降临的时候，我关在房间里。来来往往的火车，汽笛呼啸得很有穿透力，使我激动地感觉到了火车能带我去远方的伟大。就如同我一想到小时候向往火车，就回忆起那时我总在想只有火车才能把我带向远方的那种忧伤。而如今我已经走在路上，可我除了时常泛起的不知身在何处的茫然，还有就是我不知道自己的远方在哪儿。

加格达奇夜晚的寒冷一点也不亚于北极村。在寒冷中，又平添着些许怅惘，很容易让人无病呻吟。我坐在床上，听着一列列火车呼啸经过，或到站停靠，有节奏地发出嘶鸣。我想着火车缓缓启动后冒出的滚滚烟雾；我想着火车把许多人带向同一个方向；我想着火车把人们带到不同的远方；我想着自己走了多少天的路，已经走过了哪些地方……恍惚中，我回忆着一段已经远去的岁月。

夜色中的加格达奇，有一种娇媚与通透。我从床上站起来，走到窗边，望着窗外。没有月亮，更没有如水的月光。

老三蓄势待发，即将远行。我想尽快赶到北京，去见老三，然后一起从北京去天津找我们的朋友小明同学玩。小明同学是当年我们在拉萨的那一群朋友中的一个小伙伴。在厮混拉萨的那群小伙伴中，现在有三个在北京，小明同学在天津，他们之间的联系比较频繁。

在我看来，小明同学的漂泊能力一点也不次于老三，甚至比老三更放得开。他能在火车上成功混票。老话怎么说来着，“会哭的孩子有奶吃”。这句老话简直能被小明同学演绎到了极致。当年在路上穷极无聊的时候，老三给我讲了小明同学成功逃票的奇迹。

话说小明同学买了张站票，捏了张学生证，凭借他那丰富的表情和复杂的五官，使用各种撒娇、哽噎、落泪的手段，居然“成功”地混了张卧铺。列车长亲自把他送到卧铺车厢的时候，以格外关怀的神情对列车员说了句“照顾好这孩子”。当老三说到这里，我脑海里骤然飙起的那个伟大的“贱”字真是挥之不去啊。这是个多么大的“孩子”。已经二十啷当岁的人了，这简直就是巨婴啊！老三老说小明同学贱，她即使当着小明同学的面也这样说。我说这不是贱，而是贱到了举世无双。

两天前，我收到了老三发来的消息，她问我走到哪里了，我说我还在北极村。老三认为我的行程安排实在太磨叽了。我说我他妈的又不是邮差。

我从包里摸出那张加格达奇到海拉尔的火车票，拿着它看了很久，就像是我看到了我的朋友一样。

从加格达奇到海拉尔，票价31块钱。这应该是目前为止我买到的最便宜的火车票。当然，硬座。我思考着，才31块钱的票价，那么加格达奇到海拉尔应该很近。于是我安心地睡去，因为我暂时不用坐着硬座直接一趟干完三十几个小时的狼奔豕突。

6点半，天光大亮。天气很好。清晨的空气有些干燥，又似乎不太温柔，不过这根本影响不了我整装待发的心情。

我塞上耳塞听着歌，扛着背包，心情万分美丽地爬上了火车，又很美丽地欣赏着一路春色。我反复地播放着老鹰乐队演唱的歌曲《加州旅馆》。我靠着窗户，放眼目之所及之处，感觉很美。什么阳光和着春风穿过车窗像亲妈的手一样抚摸着我的脸庞啊，什么草长莺飞歪脖子树长在湿地里啊，什么像“布苏里”这种一座又一座听都没听过的只有绿皮火车才停靠的小村庄啊，什么眼前一片潺潺流水啊……这一幅幅乡村景色实在太美了。我一直靠着窗户，开始闭着眼感受这让人幸福的气息。

列车不时在一个又一个小村庄旁的火车站停靠，上下客。我睁开双眼，把音乐从《加州旅馆》切换到《我的家在东北》。我听着这首跟目前车厢内应景的歌，看着充满生活乐趣的一幕幕。当地人从一个村子坐火车到另一个村子，他们要么手里提着鸡，要么就是背的葱。有个中年男人竟然牵了只狗上来。坐我对面的一中年妇女，在我看来，她最有生活情调。她直接把竹篮子放在餐板上打理起蔬菜，神情悠闲，动作从容。菜理完了，她正好就到站了。

下午2点左右，列车缓缓地驶入草原。单调的景色，使我渐渐有些坐不住了，导致无聊又消极的情绪扑面而来。我无聊地吃了一个内蒙古特产——雪糕。还是无聊。于是我又吃了一个。吃完后感觉更无聊了。

一位中年列车员在车厢里来回地走，频繁地路过我身边，晃得我头有些晕。我终于忍不住拉住他问：“叔叔，请问还有多久到海拉尔？”他的回答让我直接懵了。他说：“哎妈呀，你就耐心坐着吧，还得好几个小时呢。”为了抚平他这句大实话对我心灵造成的创伤，我决定再买一个雪糕。吃雪糕玩。

我拉住卖雪糕的妇女，说：“再来一个。”

卖雪糕的妇女认为我已经吃了俩，不能再吃。她好意地规劝我吃多了会拉肚子。

我说：“我也想嗑点瓜子儿呀，来只烤鸭呀，可您不是只有雪糕嘛。”

她接过钱，递了支雪糕给我，说：“哎妈呀，这孩子咋说话的呢，咋这么不知好歹呢。”

我没有理她。她抱着装雪糕的箱子走了。之后，我开始思考我认为比较严肃的能影响到我认知的问题——海拉尔是个什么地方？呼伦贝尔又是什么地方？

我就这么思考着。那位中年列车员又走了过来，我吃着雪糕看了他一眼，他也看了我一眼。他走过来顺势坐在我身边。

列车员看着我的脑袋，开门见山地问：“你咋把头发弄成这样儿了呢？”

我说：“这又不犯法。”

我不想给他任何在这个话题上穷追不舍的机会。没等他反应过来，我问：“我去呼伦贝尔大草原，可海拉尔是什么地方？”

他说：“内蒙古是大草原，那呼和浩特是什么地方？”

我说：“省会城市。”

他说：“对呀。海拉尔就是呼伦贝尔的省会城市嘛。”

这时，卖雪糕的妇女又走过来了，她抱着那个装雪糕的纸箱坐在我对面。看得出来，她同样对我的光脑袋十分感兴趣。

她带着很自然的笑意关心我：“你这没头发，咋就不戴个帽子呢？”

我看了她一眼。

她接着说：“不过还挺好看的。”

我说：“您都说好看了，那我还戴什么帽子？”

她并没有介意我表达的方式，就那么一直带着微笑看着我。

列车员说：“你不戴帽子，别人很容易误会你是出家人呀。”

“出家人这么帅，那也不犯法呀，您说是不是？”我“噌”地站起来，接着说，“您给我等着。”

我把坤叔送给我的墨镜找出来，戴上，问他俩：“帅不帅？”

卖雪糕的妇女感叹了一句“这孩子”，欲言又止，然后起身卖雪糕去了。列车员仍然坐在我身边。他问我老家是哪儿的，我说成都。他显得有点激动。我姑且认为他觉得我是坐车坐久了无聊，他指着我斜对面的一个小伙子说：“哎妈，原来你俩一个地方的。”我和小伙子顺势对视了一眼，相互很客套地问候“你好”，就没下文了。列车员认为“老乡见老乡”的戏码应该是我和那小伙子立马相互认个老乡，然后在火车上一路唠嗑儿扯家常，也不至于会这么无聊。其实在这个问题上，似乎大多南方人并不会像北方人那么喜欢认老乡。比如普遍现象就是，俩东北人在异地偶然相遇了，东北人甲问道“哎妈哥你东北人哪？东北哪儿的？”东北人乙说：“辽宁，老妹儿你哪儿的？”东北人甲若是回答：“我吉林长春。”东北人乙就激动地说：“老乡啊！”于是，在这一席开场白过后，就显示出东北三省是一家的热情。四川人可不一样，比如刚才那一幕就是典型的打个招呼就算完事了。列车员似乎想不明白这问题，起身走开了。我看了一眼斜对面那小伙子，他一直装模作样地端个低倍望远镜朝着窗外看。连绵得有些单调的草原，连只羊都没有。我不知道他到底在看什么。

加格达奇火车站。

我的远方

海拉尔

这一趟绿皮火车用时整整12个小时，终于到达海拉尔。这时候，海拉尔的上空是一片壮观的火烧云。

我背着包，走出火车站，走在火车站偌大又有些空旷的广场上。我边抬头欣赏着火烧云边想着，31块钱，坐了12个小时的火车。太“划算”了！

预订的酒店在离火车站不远的一个小区里。入住。小区很干净，绿化很好。从房间的窗户望出去，绿色的，充满生机的画面，这种环境可以让我感觉不到自己身处异乡。

在海拉尔，我依然穿着棉衣，而且是必须穿。因为地面温度确实不高。这么说就像是自己坐着飞机来的一样，还地面温度呢。怎么说呢。就是说，在火车上都比海拉尔暖和。

老三再次发信息问我走到哪儿了。我说我在海拉尔。这时候，我正在小区广场上看一大拨人跳广场舞，场面实在有些壮观。老三认为我已经无聊到去看老年人跳广场舞了，就应该早些计划赶到北京。我觉得在催我赶路这一点上，她与那个曾经和我们一起去拉萨的陶陶一样，喜欢从一个地方接着往另一个地方赶。我一直在心里想，她们这样连续地坐车，不担心坐久了容易腰椎间盘突出么？我曾经和老三开玩笑，说她全身上下没一处突出，除了腰椎间盘突出。这都还是赶路坐车坐出来的。

我回复老三，我还要去满洲里。满洲里我必须去，因此，我只能压缩在海拉尔和满洲里停留的时间。老三问我能不能不要这么磨叽。我直言不讳地表示——不能！

我在海拉尔待了接近两天，不想多待，其原因是，在到达海拉尔的第二天，开始下雨，急剧降温。在雨后的下午，我决定坐大巴车去满洲里。

海拉尔的汽车站有点意思，那种陈旧的大厅和格局，感觉与这个时代格格不入。墙壁上刷了一排问候语，那种20世纪七八十年代的风格——“欢迎您，亲人。”不大的候车厅看上去根本就算不上候车厅，像一个商场。有卖百货的，有卖水果饮料的，还有来回兜售“祖传痔疮膏”的。我以一种发呆的状态坐在一片嘈杂声中等待着发车的时间，神情恍兮惚兮的，心里想着尽快到达满洲里。忽然，一个妇女走到我身边，她打破了我正在对满洲里这座城市进行的美好想象。她推了我一把，一脸鸡贼地看着我问：“痔疮膏买不买？祖传秘方。”

终于上车了。汽车行驶在铺天盖地的云层中。高原气候明显，茫茫的大草原在这个季节并不是一副绿色葱茏的画面。细雨蒙蒙的大草原上，公路笔直地伸向远方，看上去根本没有尽头。我蜷在座位上，靠着窗，迷迷糊糊地睡觉。

一觉醒来，汽车停在一个叫扎赉诺尔的地方。不远处，巨大的猛犸象雕塑群让我感觉有点恐怖。又走了约莫几公里的路程，远处的半山上有一座远观上去占地面积很大的喇嘛庙。

满洲里

汽车驶进满洲里汽车站。在到达满洲里之前，我并不知道这个最基本的常识——下午时间，海拉尔和满洲里有着截然不同的天气。

我在满洲里汽车站下车。车站很大，但显得并不繁忙，更谈不上嘈杂拥挤，相反倒是空荡冷清。估计此时是满洲里的旅游淡季。

我站在车站外的花台边抽烟，一句搭讪从附近飘进我的耳朵，恍惚的精神状态使我显得有些木讷。我转着身子，四处寻找声源，随后看到一个寸头男子从旁边的一辆越野车车窗里伸出头来。他问我是不是等人来接。我说不是，我只想在这儿休息一下。我注意到了，寸头男子的手腕和脖子上都挂着粗大的金链子。土豪标配。土豪又问我是不是来旅游的。

我抽完最后一口烟，说："你看我这样子也不像是来做生意的呀。"

我认为开着越野车的土豪可能是来车站接人，可那土豪却说："走不走，进城30块。旅游包车满洲里一日游，480。"

我脑海中瞬间一群草泥马骤然飙起，心想这年头跑黑车的启动成本都这么高，发动机都是V6的。我站在原地，没有任何表态。土豪是那种特能聊，巨热情的人。他问我去哪家酒店。我说满洲里大酒店。他说当地有名的俄餐就在满洲里大酒店的楼下，还热心地告诉我，一个人用餐，就点一个牛肉包子、一串牛肉烤串，再来一份汤就足够了。好吃不贵，特实惠。听土豪这么一说，我心里瞬间泛起了对美食的渴望。

这时，我说，到城里20块，走不走？他说，成交。

于是，土豪就把我甩到了满洲里大酒店门口。他开着车扬长而去。

为了满足口腹之欲，我在房间里收拾完东西，匆忙地跑下楼，在土豪推荐的那家餐厅点了三个包子、两串烤牛肉、一碗汤。我确实忽略了包子和烤牛肉的分量。不过，我的优势是硬撑。我的家人总是谆谆地教导我说，吃了不可惜，浪费了可惜。可再怎么硬撑，那两串野蛮的烤牛肉实在是让我束手无策。

一个人独处待久了，容易变得百无聊赖，特别是连个说话的人都没有的时候。我先是打了个出租车，把满洲里的大街小巷大致逛了一遍，发现这座城市除了满大街的俄罗斯人和基本都是俄罗斯风格的建筑外，其他一切与所有内地城市雷同。

接着，我要去草原。在满洲里的第二天，接近中午的时候，我在大街上拦了辆出租车，以380的价格奔出城外。一路上和司机聊天，司机是属于那种逮着什么聊什么的人，也是一个巨能聊。出城前，路过香格里拉酒店，司机就跟我说，这家酒店中国人住是1000多一晚上，外国人住是200多一晚上。酒店的厚此薄彼让人觉得不太舒服。出城后，司机一路上都在跟我絮絮叨叨地说香格里拉酒店不厚道。

我实在忍不住了，说："大哥，200多是美金吧。"

司机终于不说话了。

满洲里国门，41号界碑，跟国内所有的景点一样，外地游客需要买门票。在售票室里坐着一个年轻姑娘，她抬头看了我一眼，让我出示身份证。我说我的身份证没有带在身上，能不能直接买。姑娘很生硬地从窗口里甩出来一句话："你没带身份证，我怎么卖票给你？"我站在窗口外看着她，司机站在不远处看着我。

这时，姑娘抬头瞟了我一眼，极其不耐烦地说："凭身份证买票，没身份证你回去吧。"

我突然被她的眼神和说话的口吻整得很烦。我用手指敲了敲玻璃，说："你出来！"

姑娘再次抬头看了我一眼，眼神变得有些漂移不定。

我又对她说："你出来说话。"

司机见状，走上来拉我。我被司机拉到一边。司机让我把门票钱给他。我掏了100块给司机。司机走到售票口，把钱递进去，跟卖票的姑娘嘀咕了几句什么。随后，司机拿着门票和找零的钱过来了。我接过门票和零钱，说："80，真贵！"

国门是满洲里所有进出俄罗斯贸易的港口，进出港口的火车一会儿一趟。在国门转悠了一个小时，司机带着我爬楼梯登上国门，其意义只是在于我可以朝国门外的俄罗斯港口瞭望一下。这根本上就没有多大意义。瞭望完毕，司机带着我下到国门的一楼的纪念品专卖区。这是一个纪念品商场。看了很多套娃后，我自言自语地说，我要买一个套娃送给老三。

司机一直跟着我，他问："老三是谁？"

我说："我的朋友。"

他附耳过来，贼兮兮地说："劝你别买，这都是中国制造。"

我说："在北极村的时候，老三就想买一个，可最后还是没买。今天我要买一个，到了北京，送给她。"

司机觉得我是个不听劝告的人，他知趣地打消了劝我的念头。我只是想，都走到满洲里国门了，还是要买个纪念品。开心就好。

从国门出来，顺道去套娃广场，司机很热情地给我介绍起来，还表示愿意帮我照相。我说好啊好啊，于是，我在那个庞然大物般的套娃面前摆造型。等司机过了一通快门瘾后，我充满期待地拿着相机一看，说："人家拍的照片贼带感，你给我拍的照片带贼感。"

逛了一圈广场，我感觉很累，应该是长时间奔波导致的疲惫感。我问司机，在进入满洲里的半山上有座很大的寺庙是什么寺庙，司机说是大觉禅寺。我说就去那儿吧。在去往大觉禅寺的路上，司机跟我聊了一路大觉禅寺，他个人认为，当年修建大觉禅寺是先修的外围，外围建起来后，才修的大殿。我问这有什么讲究吗？他认为这样感觉不太好，应该先修大殿，再修外围。我忍不住笑了，对司机说："你真是个操心的命。"

大觉禅寺里很冷清，没有看到常住的修行人，甚至连个游客都没有。满洲里的旅游季节尚未到来，这地方显得清寂，甚至荒芜。我和司机就那么逛在空空荡荡的寺院里。各个堂前的法器铺着厚厚的灰尘。

我问："这里没有僧人？"

司机说："平时没有。这寺庙是一对夫妻捐助的，他俩没小孩，发愿要是生了孩子，就回满洲里修一座大寺院。后来果然生了个儿子，就回来建了这座寺院。"

我感慨地说："这发的是宏愿。"

一路走马观花。从寺庙出来后，司机说带我去草原上。我情不自禁地想，大草原啊，我终于来啦！

出租车在空阔广袤的大草原上穿梭，审美极易疲劳。我坐在后座上玩套娃，玩着玩着竟然睡着了。当我醒来的时候，司机把我拉到了呼伦湖。进大门之前要买门票。

呼伦湖，又名达赉湖，我心想，怎么这里全是些用生僻字命名的名字。不过，我觉得这很帅。比如，你说你去过"呼伦湖"，稍微有点智商的人都知道这在呼伦贝尔。可你若要是说"达赉湖"，估计没几个人反应得过来。

要接近水源边，需要走过一段长长的湖水干涸裸露出的湖滩。我和司机深一脚浅一脚地朝着湖中的栈道走去，边走他边跟我搭腔，问我这个湖美不美。我说你问的都是废话。

司机又问："你不觉得在大草原上突然多出来一个这么一望无垠的湖很奇怪吗？"

我笑着说："你问造物主去吧。"

于我而言，只能用"神秘"来形容呼伦湖。

我和司机一前一后踩在湖上的栈道上，栈道很长，伸向很远。

走到栈道的尽头时，我对着湖面大嚎一声："太美啦！"

司机说，这逆光好，来，我帮你照相。我已经完全不信任他的拍照技术，不过他的热心还是让我无法拒绝。我勉强地答应了，很犹豫地把相机递给他。他吩咐我："你面朝湖面，把双臂撑开。我给你拍背影。"我照做了。我在心里认可他的这种构图。只听见我身后"咔咔咔"的一阵快门响。司机告诉我拍好了，让我看他拍的怎么样。我很开心地，再一次充满期望地，外加小心翼翼地接过相机一看，顿时感到再也不想说话了。这哪儿是"面朝大海，春暖花开"，简直就是"成功越狱"，还"越狱"得如此暴力，一丁点儿智慧的气质都没有。我的姿势几乎雷同电影《肖申克救赎》里安迪成功地从屎尿管子爬出来后站在暴风雨中冒着被雷劈的危险张开双臂的造型。然而，人家安迪拥抱的是自由。我撑开双臂，脖子上顶一光脑袋，看上去这不仅是暴力越狱，从另一角度看，更像是"寻短见"，或者"丧尸出笼"。

赶回城里，夜幕未垂。我感觉很累。去吃晚饭，还是那家俄式餐厅，依然是不变的烤牛肉串、包子、汤。我默默地坐在靠窗边的位置，看着华灯初上的街道，等着晚饭。点的东西上齐后，我又坐着木讷地等了很久。我终于忍不住把服务员叫了过来。我说你能帮我拿一把餐刀来吗。服务员转身走了，不一会儿，他提了把菜刀过来，递到我面前。我莫名其妙地看着他，他茫然地保持着递菜刀的姿势看着我。我有些哭笑不得地告诉他，我要的是餐刀，不是菜刀。小哥，你觉得吃个牛肉串，需要用菜刀宰吗。服务员迅速转身走了。稍许，他尴尬地给我拿来了一把餐刀。其实，我觉得自己更尴尬。满餐厅的外国人，当时那齐刷刷的充满疑问的眼神哟……他们肯定认为，这人简直傻×一个，吃西餐，不用餐刀，让人上菜刀。

我吃完饭，上楼，进房间待着，只能待着。然后上网查海拉尔到天津的火车票。我要先回到海拉尔，再从海拉尔一趟干到天津。我把出发的日子告诉了老三。

老三回复说："你从海拉尔出发的时间，是我出发去西宁的时间。"

我当即差点崩溃。我很不愿意接受这类说话不算数的事会发生在我和我朋友之间。

我很愤懑，却又不得不强压住怒火地对老三说："你可以忠于自己地活着，但你不能失信于他人呀。"

我再也不想理她。老三又发来消息，解释了很多。我一句也不想听，一个字也不愿意再看。我再次觉得自己很落寞，很忧伤，又孤独，还充满了挫败感。

满洲里的夜，刮起了很大的风，风从窗户缝隙往房间里钻。电视也没有什么可看的，基本是雪花霸屏，好在还能听到声音。于是，电视就取代了广播的作用。转到一个正在播放《甄嬛传》的频道，因雪花霸屏，只能听声音，成了听广播剧。

我坐在床上，裹着被子，低着头，想着窗外的长风浩荡，我对自己说："这该如何是好？！"

听完"广播剧"《甄嬛传》，关掉电视，起身，站在窗前，望着窗外被刮得左右飘摇的植物和路灯。看了很久，我决定次日回海拉尔，去天津。

早上起床，酒店停水，无法洗漱。我对这酒店一直怀着不满的情绪，先是没有无线网络，接着电视机总是雪花霸屏，这无疑剥夺了我看电视这个唯一的娱乐项目的乐趣。从大庆一直背在身上的那本薄薄的小杂志已经被穷极无聊的我翻烂掉了。

收拾完背包，剩下的精力只够我坐在床边喘气。在走出房间门之前，我把那个准备送给老三的套娃扔在地上，狠狠地踩了两脚，然后愤恨地一脚踢过去，套娃四分五裂地躺在房间的各个角落。我背着背包，头也不回地走了。

回到海拉尔

返回海拉尔的一路上，我心烦意乱，无心欣赏沿途的景色。不过也没什么风景可看，除了已经逐渐沙化的草原，就是草原上那一群又一群的羊。还是不太洁白的羊。

到了海拉尔，我先去火车站买车票，然后又回到之前住过的酒店登记入住。在酒店没什么事干，不过好在就要离开这个地方了，去往天津。天津有我的朋友，至少可以有人跟我说话，我再也不会百无聊赖地听电视打发时间了。

小明同学打电话问我什么时候到天津，我告诉他，等我到了再联系。

在海拉尔住了一日，第二天午后退房。接近4点的火车，无处可去，我只好坐在酒店大厅上网，给手机充电，用Skype跟地球上另一边的好朋友聊天。

大厅做票务的是一位中年妇女，估摸着有四十来岁，她的工作看起来很闲。我上下楼几次拿东西，她总是主动过来帮助我。我跟好朋友聊完天，那中年妇女问我是不是成都人。这时候我才开始重视她。我感觉她总是想说点什么，哪怕是废话也行。于是，我和她开始有一搭没一搭地聊起天来。

中年妇女主动告诉我，她去过成都，不过是在十年前。成都是她妈妈的娘家。她温和平缓的语调中透着难掩的忧伤。我没有表达什么，也没有什么可表达的。我只是看着她说话。她慢慢地抬起头，目光盯着我说，十年前她跟着妈妈第一次去成都，去看她舅舅。她像是在讲一个故事，这个故事的开篇让人有些难过。我偶尔故意埋下头整理背包，来躲避她那忧伤的眼神。可是我的背包又实在没有什么好整理的。直到我感觉到她的某种情绪被她自己强行压制下去后，我才佯装着整理完背包，抬头看着她。她说十年前跟着妈妈回过一次娘家，就再也没有去过了。海拉尔离成都实在是太远了，这种距离足以间隔亲人之间的正常往来——哪怕每一次的生离都等同于死别一般。在她的记忆中，最深刻的一次生离是她妈妈外嫁多年后第二次回成都娘家。在成都住了一段时间，返程的日子到了，她舅舅带着一家人，把她和她妈妈送到火车站。道别的时候，她舅舅痛哭流涕地牵着她妈妈的手说："妹妹啊，你嫁得那么远，想你的时候我没办法啊。"她牵着她妈妈，一句话都没说，只是跟着默默地流泪。到了不得不离开的时候，她妈妈跟她舅舅说："哥哥，你不要担心我。我们都这把岁数了，以后还见不见得到，只能听天由命了。"她牵着她妈妈，无力地哭着，哭着上了火车。

中年妇女给我讲述了一场离别的故事。她告诉我，在那次离别之后，她妈妈在第二年就去世了。她舅舅依然健在。那座叫"成都"的城市，她再也不想去了。

这时，我突然想起那个坐着火车去看望战友的老方头，他告诉我和老三，"趁着年轻多出去走走，多去看看自己的朋友"。我仿佛顿时明白了"惜别"的分量。有的人不得不惜别，有的人不得不学着惜别。

我看了看时间，我说我要走了，起身，背上背包。中年妇女很好奇地问我赶火车要去哪里。我说去天津，我要去看我的朋友。

远眺满洲里。

满洲里。

满洲里套娃广场。

满洲里达赉湖。

满洲里，中国第41号界碑。

穿行于呼伦贝尔大草原。

呼伦贝尔大草原。

在路上。

天 津

车过四平

海拉尔火车站的人潮，只能用汹涌来形容。检票的时候，我只能被队伍推攘着自动挪向检票处，挎包勒着后颈，很难受，头顶上硕大的圆顶穹窿看得让人心里发慌。

火车驶出海拉尔站，我靠在椅子上，侧头回望着窗外，看着渐渐消失在身后的建筑，心里荡漾起些许忧伤。最初，天津并不是我计划中要去的城市。现在，我坐在了去天津的火车上，我要去看望我的朋友。

我似乎已经习惯并且重新回归到那种坐着火车去遥远的地方的伟大向往。火车能把我带到很远，带到那些我没有去过的地方，喜欢或者不喜欢的地方。能把我带到朋友的眼前，更能把我带回家。

我的斜对面坐着一位30出头的男子，寸头，银镯子，爱马仕。这些行头配以他那像是中了乾坤大挪移的脸，显得很降档次。这位寸头大哥很喜欢说话，看得出来，他和周围的人是上火车后才相识的。大约从下午5点开始，寸头大哥在车厢里发表了一场又一场“个人演讲”。演讲的范围很广，从国际形势到中国经济，又从中国经济到国内中小型企业发展宏观动态。晚饭前的最后一场“演讲”是股票。我以为这就算完了。到了晚饭时间，车厢内相对安静了半小时。晚饭刚结束，寸头大哥的“个人演讲”又拉开了序幕，主要聊他的企业。笼统总结个标题，应该就是《论中国小型生产企业发展走向》，再贴切不过。我看着他，直到我的脑袋又迷迷糊糊地出现了那种“低血糖”的感觉。我勉强地笑了下，心想，你这么牛×，还坐什么火车，还硬座。

在火车上过了大半夜，全车厢里的乘客仿佛受到了诅咒般地集体昏昏欲睡。这时那位从头天傍晚就开始“演讲”的寸头大哥再次打破沉寂了没几个小时的车厢，车厢内又激荡着他那激昂的“演讲”。我迷迷糊糊地听着，基本可以再次对他这通“演讲”加个标题——《论如何在一年时间净赚30万》。

我站起来，撑了个懒腰，看着他说：“大哥，这还没来得及睡着，你咋又讲上了呢？”

车厢内又暂时安静了。

迷迷糊糊地熬到早晨7点。我被报站的播音惊醒了，下一站停靠——四平（吉林省西南部城市）。也就是说，我走了一大圈，好不容易走出东三省，这又走回来了。

这是怎么了？我的命运啊，为何我总是在某个地方打转。我痛心疾首地望着窗外，开始了内心新一轮的挣扎。我到底下不下车？如果毅然决然地下火车，我马上就可以在四平看到我的朋友了；如果不下车，我会有些遗憾。火车眼看就要到四平了，我迅速地把背包从行李架上拖下来，又迅速地拖到车厢门口。这时候，我依然在挣扎。3分钟后，火车驶进四平站。我拖着背包，木然地站在车厢门口旁边，挣扎地看着上上下下的乘客。直到站台上没有了一个人。又过了3分钟，只听“嘭”的一声，车厢门被重重地关上。这一响声让我有些遗憾，又有些释然。我疲惫又木然地看着渐渐移动的车厢外面的景物。看了很久，我感觉仿佛已经挣扎了一个世纪。

相逢的人会再相逢

“相逢的人会再相逢”这句话，我几年前特别喜欢用来忽悠小明同学。不过现在要我这么感慨，想想还是很矫情的。打死我，我都不愿再这么干。

大彤老师来电话，问我开往天津的车次，她说她要来车站接我。我拒绝了。其实在这一点上，我承认自己是很违心的。大彤老师说她要带着她儿子来接我，口气很肯定，于是我就没有再回复她。这时候，火车已经进入河北境内。远山深处，高耸的工业烟囱浓烟滚滚，还有那触目惊心的雾霾，仿佛弥漫在整个世界一般。这让人看上去有一种绝望感。

火车抵达天津站。我迫不及待地收拾东西，又迫不及待地背上包，站在车厢门口等着车门打开。当车厢门打开的那一瞬间，我背着包从车厢跳下去，奔跑着冲出人群，又跑下负一楼。我不知道自己哪来那么大的劲，一直闪开人群，跑啊跑啊，跑进通道。我停下来，气喘吁吁地扫视四周，发现很眼熟。这时，我就不跑了，改为走。我觉得跑着闪现在我朋友的面前，这显得很不稳重，有损我的形象。

我背着包，慢慢地走向通道另一端的尽头。在出站口，我看见了大彤老师，她带着她儿子宽哥站在那儿，注视着每一个走向出口的人。我走出去，大彤老师微笑地问我怎么这么快就出来了。我开玩笑地告诉她，我动作很麻利。其实，只有老三才深刻地知道我有多拖延。这时，宽哥走过来靠着我，抬起头，有些害羞地望着我笑。他把手缩进长袖，捂着嘴，笑得很内敛。

宽哥问我：“宣宣阿姨，您累不累？”

我笑了下，说：“你长高了。”

寒暄了几句，我们仨赶往预订的旅馆。走出地铁，那种“啊，天津好洋气”的感觉再次袭来。上次，我是从太原到的天津，这次是直接从草原到天津，也难怪每次到天津，天津都给我一种好洋气的感觉。我感慨着说，我要是在北极村再多待一段时间的话，估计到了天津，别人一看，这完全就是农村人进城走亲戚的即视感。

到了旅馆，登记入住，放了行李，大彤老师带着我和宽哥出去吃晚饭。吃完晚饭，不算太晚，与大彤老师和宽哥分手后，我回到旅馆。我感到极度疲惫，躺在床上却怎么也睡不着。在迷迷糊糊中，小明同学打电话来，请我吃烤串儿。这时候已经有些晚了。

我和小明同学在离我住宿不远的一家烧烤店碰面。推杯换盏过后，小明同学显得欲言又止。他问我，老三上演的到底是什么戏路，事先说好的一起到天津找他玩。我未等小明同学说完，就充满恨意地说，我不想再跟她玩。小明同学无奈地笑了一下，没有再继续聊有关老三的任何话题。他给我讲起他的工作，说了很多关于以后的发展计划。他显得信心十足。我听了半天，没有听懂他的人生规划。

这时，我问他："你什么时候回大连？"

小明同学有些莫名其妙地看着我，用天津话跟我说："我是天津人，我家就在天津，南开区，明白么？我们认识几年了，你竟然以为我是大连人。"

我说："你一个天津人，成天操着一口台湾普通话，到底是怎么回事？"

小明同学很贱地笑了下，说："好玩。"

天津的夜很凉爽，通透。我脱掉长袖棉衣和帽子，感觉瞬间从冬天飞跃到了春天。小街上的鬼饮食很多，我们喝着啤酒，吃着烤串儿，回忆笑侃着在拉萨的那段时光，这让我觉得自己终于回归到了人类的正常生活。

我和小明同学沉浸在久别重逢的喜悦中，直到夜很凉。街上的消夜店陆续打烊。

分手的时候，小明同学说："过两天，我带你去五大道玩。"

我说："你们天津除了五大道，还有什么可以玩的？"

小明同学说："那我带你去爬山。"

我心想，天津还有山？有山有海，好洋气。

次日，我去大彤家，家里只有宽哥和大彤妈妈。宽哥坐在沙发上看动画片，看得极其投入。他在这个时候，根本不太愿意理我。大彤妈妈走出来说："你让阿姨看。"宽哥的表情告诉我，他想说："不！"我估计他又不太好意思说出来，于是他就沉默着，边目不转睛地盯着电视屏幕，边往嘴里塞奶酪。大彤妈妈一副很无奈的语气说："这个家里，你就只有欺负我。"老人家起身走开了。宽哥依然不为所动，或许他直接选择性听不见。

过了一会儿，大彤老师打来电话，让大彤妈妈在楼上指一下小区里哪个方位有空车位。这时，只见宽哥以迅雷不及掩耳之势，关电视，扔遥控器，一气呵成。他规规矩矩地坐在沙发上，像是在跟我说话的样子。我心想，现在几点了？大彤老师都下课了。我边在想几点，边伸手去摸手机。宽哥神情紧张又力挽狂澜地央求道："你不要发微博，我知道你有微博，你一发微博，我妈妈就知道我看电视了。宣宣阿姨您不要发微博。"他有些撒娇地往我身上靠。我心想，小样的，竟然学会了打感情牌。

我故意问他："你妈妈不让你看电视呀？"

他说："妈妈只允许我周五、周六看。"

我一声叹息："我绝对不出卖你。"

晚饭后，我和大彤聊了会儿天，我说："你去学习吧。"于是，我起身回旅馆。

第二天下雨。小明同学说要带我去五大道，其实我对此并不太感兴趣，但又不好拒绝他的一番热情。小明同学来到我的住处，带着我冒雨逛着大天津的中心区域。

我和小明同学在大街小巷里穿梭。飘着雨逛街，这对于我来说，绝对是一种壮举。走到一家卖煎饼果子的铺子跟前，小明同学说这家煎饼果子在天津很有名气。他买了一个煎饼果子，我们边吃边漫无目的地晃荡在马路上。我自始至终努力地想啃完这种味道不错可在口感上有些难以接受的食物。我们就这么啃着煎饼果子，走啊走，走得体力快透支了。

小明同学为了平复我有些焦躁的情绪，说："走，我带你去爬山。"

我陷入疑惑，问他："天津城里有山？"

他带着一种不容置疑的口气说："走！"

我跟着小明同学走进一座小公园，一前一后爬上长满植被的小土丘。小明同学走在我前面，走得很快。从土丘下来，我恍然大悟，叫住他，指着他说："你给我过来，过来，我保证不打死你。"小明同学带着那一副标志性的贱笑，跑开了。剩下我一个人在后面慢慢地磨蹭。那感觉，只能用跋山涉水来形容。小明同学说为了弥补对我的欺骗性伤害，他请我在五大道的一家饭馆吃天津特色菜。我说"成交"。

这时候的天津，依然细雨朦胧，下得让人有些怅然若失。

跟着小明同学逛完五大道的第二天，天气骤然转晴。大彤老师在学校没课，她说要带着我和宽哥去逛五大道。我听完，深深地叹了口气，好想告诉她，我刚逛过五大道，还是冒着蒙蒙细雨逛的，直到活活地把五大道逛出了阴影。听说要去五大道玩，最开心的就是宽哥。我不能破坏小孩子的喜悦，那就再去逛一次五大道吧。

我跟着大彤老师和宽哥再次来到了五大道。从中午到下午，宽哥一直处于打鸡血的状态。他逛得很开心，根本停不下来。我和大彤边聊天边看宽哥打了鸡血的样子。

在某个时刻，我告诉大彤老师："我明天去北京，待几天就回家。"

蓦然回首，我已经出来两个月了，有些想家了。

晚上到大彤老师家。吃饭前，她翻箱倒柜，找出来一瓶红酒，倒了两杯。她说，离别就得喝点酒，意思一下。她手一抖，就倒得有点多。大彤老师平时滴酒不沾。

这时候，大彤老师跟她儿子宽哥说："来，帮你妈喝一口。"

宽哥二话没说，接过杯子，很豪迈地喝了一大口，喝得龇牙咧嘴的。我们吃着饭，聊着天，谁也没有再注意到宽哥。直到吃完饭，我和大彤老师在厨房聊天，才发现宽哥一脸通红地跟打了鸡血似的，从一个房间跑到另一个房间，跑出来，又在客厅里乱转。宽哥在客厅转着圈圈唱歌。我赶紧跟大彤老师说："你看宽哥，是不是喝醉了？"然后，我们俩大人就那么看着宽哥旁若无人地在屋子里"嗖"地跑过来，又"嗖"地飚过去。

第二天，大彤老师又请我吃了顿午饭。大彤老师炒了两道品相看上去很是惨厉的菜。她告诉我，她属于大厨级别的厨师。这时，估计她妈妈听不下去了，兀自摇着头回了房间。

午饭后，我上网预订北京青年旅社的房间。搞定后，我动身离开天津，去北京。大彤老师把我送到动车站。分别的时候，我向她挥了挥手，一句话也没有再说。

北　京

青年旅社

动车把我带到了北京南站。北京南站也没有什么，就是人多。不过好在不是下班高峰期，如果赶上下班高峰期，可以很肯定地说，我根本挤不动。因为负重，更因为体力出现透支的极度疲惫感。

走出新街口地铁站，我很茫然地在路口站了很久。整整两个月的时间，使我感觉自己瞬间从冬天穿越到了夏天。初夏的太阳，像是扣在了头顶上，赤裸裸地晒。我站在路口望着街上，街上的行人显得特别忙碌。我找人询问，后帽胡同该怎么走，问了三个人，他们统一的答案是——不知道。我拦住一位遛狗的老人，我对他说，我要去这个叫后帽胡同的地方，怎么走？老人牵着狗，愣了下，东西南北地指了一通。我茫然地看着他。我告诉他，我根本分不清东南西北，意思是说，您老人家能不能换一种表达方式。老人牵着狗愣怔地看着我，他说往前直走200米，左边有个胡同口，进了胡同直接走到底。老人挥手让我往前走，我茫然不知所以地往前走。我走出几步，转过身，看见他背着双手看着我。见我转过身来，他抬起一只手，做出让我继续往前走的手势。我再次转身，埋着头往前走。走到一个胡同口时，我又转过身，老人还站在老远，冲着我点头。他抬起右手，向左指了指。我朝他挥了挥手，转身，一直顺着胡同走下去，终于走到了青年旅社的门口。

刚到北京，我身体出现一系列不适。一进房间，看到的人都很有特色。我把电脑和两部相机锁进柜子里，一头栽倒在床上，虚弱无力地闭上眼睛准备睡一觉。这时，房间里飘过来一个声音。我睁开眼，才发现我隔壁上铺躺着个人，一个姑娘。她翻了个身，趴在床沿上准备跟我聊天。

我先开口，说：“你吓了我一大跳。”

姑娘笑了下，显得有些激动，问道：“你从哪里来？”

我根本没有精力去理会她，我直接回答：“我从南方来。”

我的回答似乎让这个充满好奇心的姑娘没有听明白。她仍然趴在床沿上，一脸好奇地看着我的光头。她问我要到哪里去。我说回家。她主动告诉我，她想去西藏。我说那你就去吧。她说她不知道怎么去。我被她的“单纯”给震惊倒了。

这时，我问：“姑娘，你是哪里人？”

她说：“河北石家庄人。”

我“噌”地坐起来，望着她说：“你玩儿我咋的？你这个石家庄人跑到北京来，告诉我你想去西藏。”

姑娘听我说话有些生硬，干脆翻身坐起来，赶紧跟我解释：“我特别想去西藏，但不知道怎么去。我特别渴望去除了石家庄以外的所有的地方。痛下决心出来之前，计划先到北京玩两天，然后去其他城市。”

我深深地叹口气，望着她。她又问我是不是东北人。

我说：“你这姑娘呀，是天生逻辑上有缺陷呐，还是压根儿就没长心？我刚才说了，我从南方来，你偏还得故意问我是不是东北人。”

她脸上掠过一些害怕的表情。我赶紧说：“你不要害怕，我说话就这风格。”

听了我的解释后，她一脸委屈：“听你说话的口音像东北人，所以就以为你是东北人。”

我说：“我在东北待了差不多两个月时间，估计说话的口音可能夹杂了些东北味儿。”

姑娘继续问我：“东北人是不是一天三顿吃面食？东北人是不是很凶，会不会打人？”

我坐在下铺，无力地抬起头，带着最后一丝尚未殆尽的耐心望着她，说：“姑娘，你家要是开米店的，还天天吞糠？”

我顺势又倒在床上，再也不想多说一句话。

次日早晨，7点的样子，我起床，晃晃悠悠地走出旅社大门，坐在大门外的台阶上，呆若木鸡地望着T字形胡同口，张望人来人往的三个方向。忽然，我发现身边坐了一个人。我抽了口烟，转过头去，看了那人一眼。一个小伙子，二十几岁，个头并不高大，让人一看就知道是典型的南方人。小伙子也抽着烟，顺势坐到我身边，问我是不是昨天来的。我反问他怎么知道的。他的回答让我瞬间感觉我的反问有些没经过大脑。

小伙子说：“我在这里住半年了，今天之前，从来没见过你。”

我和他都笑了一下，这算是相互认识了。小伙子告诉我，他叫小斌。我只是“哦”了一声。小斌说他是北漂。接着他问我是不是打算留在北京，当一个北漂。我直言告诉他，不会，因为这里没有我的梦想。我们又笑了下。小斌看上去笑得有些苦涩。

我带着尚未恢复的神情有气无力地和小斌闲聊。

我说：“我没钱了，待会儿去找个银行，取钱买牙刷。”

话音刚落，过来一位遛弯的老大爷，他停在我面前不走了，就那么直不愣登地看着我，看得我有些发怵。我心想，这是咋的，我没钱买牙刷犯法了吗？老大爷看着我，我也目不转睛地盯着他。他的直视直接导致我下意识地快速思考我是衣着不整还是蓬头垢面。我连头发都没有，应该还达不到“蓬头垢面”的严重程度。稍许，老大爷转身折了回去。我接着跟小斌聊天，继续坐在台阶上看人玩。不一会儿，那老大爷又回来了。他把双手背在身后，勾着腰，对着我笑，然后问我：“丫头，你猜，我给你拿什么来了？”我不知所以然地看着他。只见他“嗖”地一下，把一支新牙刷递在我面前。我当时根本没考虑到客气这个问题上，顺手很开心地接过牙刷。老大爷还特意补了一句：“这是新的，送给你用。”我顿时感动得有些难于言表，马上站起来，目送着他慢慢地走向另一条胡同。

过了一阵，小斌起身，说要上班去了。我只回应了一声“哦”。他接着说，晚上下班回来，请我喝两瓶啤酒。

在旅社长住的人不多，像小斌这种已经住上半年的，我想应该相当少。小斌离开后，我回房间睡了一觉，这一觉睡到了午饭后。我醒来无力地躺在床上，直到接到子涛的电话。

接近晚饭时间，子涛来旅社找到了我。我见到子涛的时候，他开口问了句特别接地气的话：“你想吃什么？我带你去。”我想都没想，“火锅”俩字就脱口而出。

子涛带着我，打车到了鼓楼附近的一家川菜馆，吃的不是火锅，是烤鱼。他告诉我，等他这两天忙完了就带我去吃火锅。他说他如今在北京暂时也没什么可忙的，就是忙着一些业务上的接待。吃完烤鱼，子涛建议去嘻哈包袱铺听相声。我心想，那就听相声吧，反正我还没到现场听过。

这一晚上两个小时的相声，观众如云，掌声雷动，整个空间回荡着欢快的气氛。看上去，似乎只有我不苟言笑地望着台上。我起初以为，一定只有我一个人的笑点比较高。实事求是地说，我没太听懂。我趁着打哈欠的机会，转过身，往后面一回头，在黑压压的一片人头中，坐了一群外国人，他们在充满欢快的氛围中，集体表情严肃地望着台上，显得有些滑稽。他们根本听不懂。

我回到青年旅社，一群人在吧台区喝酒聊天。小斌看我走进来，招呼我坐着一起聊天。他旁边坐了一个学生模样的男孩子。小斌指着那男孩子给我介绍，说这是旅社的义工，叫小熊，还是个学生。他们正在热烈讨论的话题是，小熊最近一个星期一直在纠结，身上的5000块钱怎么花出去。在我看来，这个话题简直无聊透顶。我只好带着无聊看别人无聊。

我坐到了小熊旁边。小熊看我坐过来，主动和我说话。他问我要不要一起去颐和园玩。我说不要。他继续很热情地问我要不要一起去故宫玩。我说不要。我的直接拒绝让他感觉很好奇，他问我为什么。我的理由只有一个："这个天气外出，会热死人的。"小熊听了我的回答，没有再说什么。

在北京，我每天起床很准时，又没什么事可干，这显得更无聊。在有意无意中，我形成了每天起床后坐在胡同口看别人玩的习惯。这样也很好，至少我可以有足够的时间来畅想一些比较严肃又实际的问题，比如，一天三顿吃什么？这对我来说实在太重要了。我深深又坚决地拥护着我悟出来的"不吃饭会饿死人的"真理。每天从早上7点半开始，我就坐在台阶上思考着这一天吃什么。思考的结果，往往都是面条。那种一斗笠碗的面条，没有一两二两三两的分量选择，一上来就是一大碗。

胡同里的小食店很多，这些小食店隐蔽在盘根错节的各条胡同里。来自各个城市不同的风味，久而久之，最终迎合演变成了统一的北京口味。我在每吃一顿面条之前，心里暗暗发誓，只是为了活命。如果有其他选择，打死我我也不吃面条。

一天，我又坐在台阶上沉思。旅社里养了一只猫，它清高又孤傲地踩着猫步从大门走出来，款款地向我走来。我起身去抱它，它没有挣扎。我抱着猫，走回台阶上坐着，继续看人玩。这时，一个小孩子的声音飘进我的耳朵，他说："妈妈，你看那个和尚在逗猫玩。"我一时没有反应过来。当"你看那个和尚在逗猫玩"这句以一种复述的语气再次飘进我耳朵的时候，我才反应过来。我循声望去，一个小孩子牵着她妈妈经过我身边。小孩见我看着他，他抬头望了一眼他妈妈，又望了一眼我。他妈妈有些面露尴尬牵着他快速走开了。

跟小熊认识后，他主动地快速跟我熟识了。从根本上来讲，我是个不太外向的人，而小熊是一个很外向的人。当我和小熊又见面时，他一把拉着我说："姐姐，我带你去吃一家麻辣烫，是你们四川正宗的麻辣烫。"这时，我眼睛发亮了至少十秒。于是，我开心地跟着他出门。小熊所说的那家麻辣烫其实就在国际青年旅舍的附近。在走向麻辣烫的路上，我在心里想着四川麻辣烫那种熟悉的味道，浓郁的香气使我馋涎满溢。我不由自主地加快脚步，我要痛快淋漓地吃上两碗。

现在，麻辣烫就在我的眼前。可在吃第一碗的时候，我至少花了5分钟的时间，我强迫性地把搁在菜上面的一坨麻酱一点不留地全都给挑了出来。

吃了麻辣烫出来，我和小熊无所事事地晃荡在胡同里。胡同和四合院是北京传统意义上的特色建筑。可是，现在就只剩下那么一些保留不算完好的胡同和四合院了，让人感觉它们在这个浩大的急速运转的时代中，唯一存在的价值就是等待着被摧毁殆尽。

在北京混久了的人，都有一种特殊的方位感。北京实在太大，大到一天出门在外只能干一到两件事，大多数时间都穿梭在换乘各条线路的地铁中。

子涛和老三一样，从一开始来到这个城市，就不得不快速地让自己融入这个城市的快节奏中，从而练就了对方向准确判断的能力。

子涛来青年旅社接上我，去雍和宫附近吃火锅。在路上，他充满分享的喜悦告诉我，这是他目前在北京发现的味道最正宗的重庆火锅，没有之一。

我和子涛坐在火锅店门口的大街上，耐心地等了很久，终于轮到我们了。我强忍着那种终于吃上火锅的狂喜，故作淡定地吃着。其实这时候，我的内心奔腾着直想端着铁锅喝两口汤料的冲动。

吃完火锅，我和子涛沿着人行道边聊边没有目的地走着。华灯初上。子涛建议我应该考虑留在北京一段时间，我说“不”。我也只能这么直言地回答，因为北京没有我的梦想。我告诉子涛，在这么几天时间里，我发现了一个问题。子涛看了我一眼。

我半开玩笑半当真地说：“在北京的节奏，如果早上7点还不起床，那是要饿死人的。像我这种7点不太可能起得了床的人，只能被活活饿死。”

子涛放声大笑了两声，笑得让我有些茫然地看着他。他或许觉得我只是在说笑而已。其实我想让他知道，我在这个问题上并不是完全在说笑。

这时，子涛看似有些骄傲地说：“北京有的，成都就没有。”

我反驳说：“可北京不多的，成都满街都是。”

子涛无言以对。

我接着说：“比如，你看咱俩吃一顿火锅要跑这么远，你不觉得现在刚吃饱，等会儿回到旅社了，又跑饿了吗？”

我们边聊边走，走到哪儿了，我压根儿不知道，反正走不出北京城，还是在北京的地盘上晃荡着。又是路过一片吃饭的地方，人来客往，嘈杂纷乱。每一家店门口都有招揽食客的服务员，他们看上去很亢奋。这时候，恰好来了一群外国人，那些揽客的服务员直接冲过去，抄着几句蹩脚的英语上前游说。

我指着这一幕，开玩笑地对子涛说：“你看，在北京不懂两句外语开场白，连拉皮条的活都干不下来。”

子涛终于停止了对我的游说。

随后，子涛给我推荐了一家小酒馆，他说就是很文艺的那种，名叫“盒子里的甲壳虫”。我也觉得这个名字听上去是挺文艺的。不过我不太喜欢待在这种地方。其他地方我也不想去了，我想回旅馆。于是，和子涛分手，我打车离开了北京夜生活才刚开始的这个区域。

我回到旅社，小斌的情绪看上去很不好，焦躁。

小斌对我说："我妈妈要我回老家。"

我不知道该怎么去安慰他。我觉得他在北京漂得很开心，因为这个城市里有他的梦想。我没有任何理由去剥夺别人实现梦想的权利。

小斌焦躁不安地在吧台区走来走去，走了无数个回合。见我对他没有任何建议，他充满烦躁情绪地对坐在吧台上目不转睛地盯着电脑看电影的一个女孩子说："姗姗，你把电脑给我，我要去睡觉了。"那个叫姗姗的女孩子微笑着把电脑递给小斌。这时，旁边的一个男孩子说："姗姗，你用我的电脑看。"姗姗并没有接受，只是微笑地说"谢谢"。小斌抱着电脑回了房间。那个主动要借给姗姗电脑玩的男孩子，拿了两瓶啤酒坐到姗姗面前，在众目睽睽之下，和姗姗聊起文学。起初，我并没在意那男孩子在讲什么。

大家各自扎堆地喝着啤酒，聊天。小熊坐在我旁边，兀自埋头玩他的新手机。他在今天下午终于将5000块钱成功地用了出去，买了一部iPhone5。小熊显得很开心地告诉我，他在学校基本没有消费，所以要出来享受一下花钱的快感。

我忍不住笑了两声，对小熊说："开心就好，开心就好。"

面对着姗姗滔滔不绝讲文学的男孩子越聊越起劲，声音越来越大。他告诉姗姗，他最喜欢余华，最喜欢余华的《兄弟》，他觉得这部小说结尾结得特别好。他很享受在众目睽睽下喋喋不休的谈论。姗姗的脸上露出了一丝不耐烦。男孩子的高谈阔论也引起了周围其他人的注意和反感。这时候，整个现场的气氛瞬间发生了微妙的变化。我们集体看着那个男孩子，企图用眼神挑衅他。他终于意识到了什么，喝完最后一口酒，溜了。

我一直以为在旅社住的时间最长的是小斌，后来才知道，住得最久的，是个外国青年。到目前为止，小斌住了半年，而这个外国青年已经住了7个月。唯一不同的是，这个外国土豪，不，应该叫外国洋豪，他不差钱，所以他不需要跟上班族一样赶着朝九晚五。

这个外国青年每天的生活从中午开始，下午抱着电脑在吧台码字，写一些东西。晚上就和大家厮混，喝酒，听大家聊天。小熊告诉我，这个老外精通三门外语，德语、英语还有中文。但是，他在跟我们聊天的时候，从来不说中文。他只是传说中的"精通"三门外语。他到底是哪国人，我们都懒得了解。反正他喜欢跟着我们扎堆厮混，喜欢默默地听我们聊天。

我抱着电脑，走到吧台区，开始记录一些文字。外国青年坐在我对面，也像是在写着什么。这时候，旅社的人很少，都出去玩了。大约过了一个小时，外国青年离开他的电脑，绕到我身后站着，看我码字。我转过头看了他一眼，又转回头继续投入被他打断的思路上。我心想，他想看就看吧，反正他看不懂中文。我没理他，只顾敲击着键盘，这样很容易就让我把身后还有个活物给遗忘掉。不知道他站在我身后又看了多久。忽然，他噼里啪啦地说了一长串。当然，我听不懂，也不想理他。他见我连头都没回，又噼里啪啦地说了一长串。

我边打字边说："你会不会说中文？不会的话，自己忙自己的去，别在我身后晃悠。"

突然，我意识到他应该会中文，所以他站在我身后看了很久我写的文字。我跳下凳子，绕过他身边，走到他的电脑面前。他的文档里满屏幕英语，我一句也没看懂。我折回来看着他，他鸡贼地看着我笑。

我半开玩笑地说给他听："龟儿装神弄鬼的，平时非要我们用英语跟你摆龙门阵就算了，还偷看我码字。你总有天要遭雷劈的。"

然后，我抱着电脑径直回了房间。

大约过了一个小时，我又来到吧台区。一些人还在喝酒。看到他们在旅社扎堆没完没了地喝酒的劲头，让我想起了在北极村的那些时光。千杯不醉啊。

北京的夜晚感觉过得很快。小熊依然对他的新手机充满新鲜感。凌晨两点半了，我们仍然坐在静悄悄的吧台边，几个人像是窃窃私语地聊着天。这时候，有人起床开始新的一天了。一个广东来的大叔要去天安门广场观看升旗仪式。

广东大叔那伟岸的身影像幽灵般闪现在我们面前，他带着质问的口气对我们说："你们来北京旅游，每天就这么喝酒，有意思吗？"然后，他既鄙视又有些失望地摇着头走了。

我受完广东大叔的鄙视后，紧接着灵魂又遭到一个深更半夜还站在厕所门口背英语单词的女孩子学霸的深度碾压。我上完洗手间出来，听见这个女学霸跟念经似的背着单词。

我问："你这是在头悬梁锥刺股呀？"

女学霸以一种特别傲娇的表情，配以一个杀伤力巨强的字眼，生猛地给我甩过来——她轻蔑地"哼"了一下。

我看着她，无言以对。

她接着说了一句："我要考雅思。"

我"哦"了一声，走开了。

这一整天，我终于见识到了黄沙盖天是个什么概念。不过好在有夜里的一场大风吹，吹散黄沙过后，天亮了。

又是夏日的烈日当头。天气很好。旅社里很多人成群结队地要出去玩，有一拨去颐和园，另一拨打算去798。小熊问我去不去慕田峪长城，我拒绝了。小熊锲而不舍地想拉我去颐和园。我只能告诉他，我要等着我表妹来找我。

两拨人七嘴八舌地在旅社前台咨询。这时，那个外国青年很想跟着任何一拨人同往，可是他依然非要别人跟他说英语，在这个问题上，似乎没有人愿意带着他一起玩的意思。我走到他面前，轻轻地说了声：“傻×，遭雷劈了吧。哈哈哈哈哈哈……”没想到，他“噌”地把那消瘦的脑袋转过来，对着我回骂了一句：“你才是傻×。”

表　妹

人群散去。我坐在胡同口庇荫的地方等来了我表妹。

表妹淡定地看了下我的光脑袋，说：“姐，我请你吃饭。”

表妹拿出一种招待客人的态度，请我吃了一只烤鱼。吃完后，我对表妹说，带我去王府井，去书店。于是，她就带着我，挤了很久的地铁，终于挤到了王府井，把我领到新华文轩。

在书店里，我迷迷糊糊地跟着她，迷迷糊糊地买了两本书，又迷迷糊糊地走出来。当走进地铁时，我总觉得有哪儿不对。

表妹热情地对我说：“姐，你去我们学校玩吧。”

我问：“你们学校不是在城外吗？”

她依然热情不减地说：“对啊，在沙河，其实不远，坐一趟地铁坐到终点站，再出来坐公交车，然后到终点站，再……”

还没容她说完，我已经听累了，赶紧挥手说：“你不要再说了，这听上去太累人了，等你们搬到城里老校区我再去玩。”

这时，我猛然意识过来，马上问我表妹：“刚才我们逛的是不是新华文轩？”

她很奇怪地看着我，回答：“是。”

我说：“我让你带我去三联书店，你咋个把我带到了新华文轩。”

表妹拉着我说：“走，倒回去，我带你去三联。”

我说：“算了，太晒了。我怕我晒黑了。”

表妹立马大笑不止。她笑完，很残忍地告诉我：“你已经晒得很黑很黑了。”

北京太热了，一出门总把我晒得晕晕乎乎的，我宁愿在地铁挤着吹冷气。

我和我表妹分手后，顺道买了火车票，然后回到旅社。我觉得我这一天的时间都是在地铁里穿梭往来度过的。只干了两件事：吃饭，逛书店。我接下来，要干第三件事——吃晚饭。我从来没有感到吃饭都要这么奔波。

本来还是晴好的天气，一场雾霾又随即而来。

子涛打电话让我去东直门他们公司找他玩。于是，我再次出门，从新街口挤地铁挤到东直门。钻出地铁站的时候，我深深地舒了口气。在子涛他们公司见到他的时候，他又问了句很接地气的话，他问我坐地铁过来挤不挤。我说你这个问题根本就不成立。北京的地铁不是坐的，就是用来挤的。好在我长得胖，不然挤进去估计很难再挤出来。

晚饭时，子涛边玩手机边问我："北京你还有什么地方想去？我带你去。"

我说："中南海。"

子涛笑了一下，接着玩手机。我继续吞饭。

晚上，我和子涛在街上闲逛，置身在灰蒙蒙的世界中。子涛忽然说："我带你去国贸三期顶楼，看夜景。这样显得逼格比较高。"这时候，我根本就完全忽略了今晚北京雾霾的存在，我说可以的。然后，我和子涛打车来到国贸，上到顶楼。

我走到窗边往下看，问："子涛，说好的夜景喃？"

他看着我笑了下，有点幸灾乐祸，说："喝酒喝酒。"

因为没有夜景可看，坐了片刻，我决定回旅社。子涛说明天送我去火车站。

这一夜，北京下了一场雨。

我从南方来，回到南方去

天亮后，北京还在淅淅沥沥地下雨，下得让人愁肠百结。我背着背包从房间出来，穿过天井。小斌站在前台和小熊聊天，他们抬头看着我。我对他们笑了下，走到前台退房。小斌的表情有点意外，他没有想到我会这么快离开北京。我们没有说道别的话。小熊递给我一把伞。小斌有点忧伤地抬起手摸了下我的额头。我转身出门。

我站在街边等子涛。雨中的北京安静了许多。我凝望着飘落下来的细密的雨线，心头有些失落，也有些期盼。我的漫长的旅程就要结束了。我从春天走到了夏天。这时，我想起了云老师写的诗歌《你从南方来》："你从南方来，你用一本书作为礼物，我以一首诗作为回赠。生命的旅途里，总会有许多的不期而遇，有一些是来不及相识，还有一些是久别重逢，它们唯一的不同只是，离开后记忆是否也跟着一起离开……"我的眼睛有些模糊，感觉此前的经历如此遥远。时光交错。

子涛来了。他把我从恍惚中唤回到了现实，唤回到细雨中的北京。子涛把我送到火车站检票口。我们没有说离别的话。我转身疾步走进了站内。

11点10分的火车被我记成了10点10分。我就只有坐在乌泱泱的候车厅多等了一个小时。这差点使我失去最后一点耐心。

上车的时间到了。我窜进车厢，放好行李，又转身拼命地挤出人堆。我站在月台上，就那么站着，感觉自己站了很久。一个男子的背包碰了我一下，我似乎瞬间清醒了。我拿出手机，给大彤老师打了个电话。我告诉她，我要回家了。在电话的那头，她一如既往地笑得没心没肺地问我：“这就回家啦？”我没有等到她笑完或者说完，我说了句“火车要开了”就挂掉了电话。我转过身，背对着列车，听着身边汹涌而过的人群匆忙的脚步声和火车的汽笛声。汽笛声声急迫，如此刺耳，像一柄尖刀刺在我的心上。我感觉到这个世界充满了孤独和悲伤。突然泪水决堤。我用围巾擦拭脸庞的泪水，可是不断滚落下的泪总也擦不干。在人潮汹涌的站台上，我的哭声轻易地就被人潮和汽笛声淹没了，就像我整个人都被淹没了。我不知道哭了有多久。突然，有人拍了下我的肩膀，说：“上车了！”我用力擦掉脸上的泪水，坚决地转身，装作若无其事的样子，走进车厢。

火车开动了，慢慢地驶离北京城。随后，我感觉这整座城市连同我所有的孤独都被火车甩到了身后。我张望着窗外，外面还在下着雨，雨滴飘落在车窗上，又快速地被风刮走。我怔怔地坐着，思绪有些恍惚。我依稀听到《布列瑟农》那旷远忧伤的旋律由远及近地飘来。

静静地，我站在布列瑟农
点点繁星缀着苍穹
它们是否也在布雷纳上空闪烁
并装点着另一边的夜空
你会是我甜蜜的归宿
但我必须离开你远走
而我的列车即将载我前行
不过我的心注定要停留
哦，我的心一定会停留
现在云朵正从我身旁飞过
而月亮冉冉升起在远空
我已将星辰抛在身后

它们是留在你天空的钻石
你会是我甜蜜的归宿
……

我在嘈杂的车厢里窝着。这时，我收到了小顺子发来的消息，他很激动地说“我到北京了”。我说：“我在回家的路上。”

在火车上，我不愿意再多看一眼北方的田野，村庄。我靠在窗边，默默地听别人聊天。我对面坐了一位河南人，他善谈地跟周围快速建立起关系。他热情四溢地介绍河南的历史，让大家空了一定要去河南旅游。终于，他注意到了蜷缩在窗边的我。

他看着我，问道：“你们出家人多少钱一个月？”

他对我的这句开场白，让周围瞬间静止，各种眼神齐刷刷地向我砸来。我剜了他一眼，把头转向窗外。他只好无趣地接着讲他之前的话题。

车厢里的气氛很快恢复到之前的热闹。我累得像只狗一样斜靠在窗边，连吃盒饭的力气都不复存在。只是在每一个站停靠的时候，我才习惯性地睁开眼望一望，算一下何时才能到家。我就这样一路从白天望到黑夜，从黑夜又望到白天。直到第二天，火车行驶在穿不完的隧道中，我知道，快要到四川地界了。

中午时分，列车驶入四川达州境内。周遭的一切都显得那么熟悉而亲切。山涧潮湿，雾气浓重，植被葱郁。我再也睡不着了，再也不愿意睡去。我带着一身的疲惫，沉醉在这片大地浩浩荡荡的绿色中。

列车快要抵达成都站，我迫不及待地背着背包，站在门口等着。这一等，等了20分钟。随着列车最后的后坐力，车厢门终于打开，我不知道自己哪儿来的力气，背上背包，冲下火车，闪过人群，一路狂奔出去，就这样狂奔到了出站口。

我冲破密集的人群，走到站前广场上。我停下脚步，有些激动地扫视并感受着眼前的这一切。从广场的某个方向吹过来一阵风。柔柔的，并不凉爽。空气中飘来这座城市独有的令我倍感亲切的气息，再熟悉不过的闷热和潮湿。成都已然进入了夏季。

在离开广场之前，我有些依依不舍地扭头回望北方的夜空，我仿佛看到了满世界的孤独和我的远方。这时，又一阵风吹来，我听到了召唤我回家的声音。我调整一下心情，四周璀璨的灯光似乎在鼓励我用坚定的转身来告别我的北方的旅程。

于是，我转身，快步走向街灯照亮的人民北路。那边是我回家的方向。